香鬼

Phantasmic
Perfume

古乃方

目錄

踩在虛實難辨的界線上

許俐葳（小說家、《聯合文學》副總編輯）

我第一次讀古乃方的文字，是她刊在雜誌上的一篇旅行散文〈Namaste〉，寫的是印度瑜伽之旅，與她同行的卻是來靈修兼當保鑣的父親，帶著淡淡的荒謬感，描述彼此間難以言說的距離，卻不過分耽溺；貌似對人際苦手，卻又什麼都瞭然，語言乾淨成熟，好看極了。當時我想，這真是一位聰明敏感的作者啊。又想，大概很快就會出書吧。於是，我們讀到了《香鬼》。

若談及文學裡的慾望與香氣，很難不令人聯想徐四金的經典小說《香水》。但乍讀《香鬼》，更映入我記憶的是鄧九雲的《女二》，一位現役女演員來寫小說中女演員的生命歷程，不免有種「讓你們看看後台」之感，相較舞台上的明亮鮮麗，更著重台下的權力幽微和暗場細節。那麼，當一位專業調香師來寫香水，會讓我們讀到什麼樣的氣味技藝，其中是否會有台面下才嗅得的感官奧妙？於此，古乃方顯然企圖心十足：「偏不，偏不要一進到捷運就聞到漫天女人都同個英國梨和小蒼蘭，偏不要一脫衣服就要唱著 I only wear Chanel No. 5，偏不要一樣，要怪美，要奇幻，要全世界僅有一瓶的獨特盛放。」簡直是跳著舞把心聲放出來。說的是香水，但寫作本身，又何嘗沒有那個「偏不」的存在。

小說甫開篇，即是一人一獸的故事，調香師北北和紅毛猩猩安共處一室，他懂她的精細，她懂他的即興，和動物相處比和人類自在。路過的國中生怪模怪樣的學安走路，管理員指著安說怎養一隻怪狗？旁人不理解他們，不等於北北就完全理解安，紅毛猩猩的世界自成一格，他用鐵尺刮北北的腳皮，拿她的頭髮做香水。他是調香天才，卻也讓北北憂慮。和一隻獸相處，就像在針尖上跳舞，有快樂亦有恐懼。直到調出重點香水的那天，他們在狂喜中奔跑，卻也在驚嚇中擦槍走火。或許安的存在，時時提示了北北的終極慾望，「她想要自己是眼前這隻野獸。但她不敢說。她評判自己，這樣不對，人怎麼可以想當一隻野獸呢？唯有讓獸消失，她腦中的問題才會徹底根除。」小說自此真正騰飛而上，北北失去了獸，卻始終胸中有獸，自此展開往後一段又一段的氣味之旅。

整部小說由八篇各自獨立又互為宇宙的短篇故事所組成，這是時下常見，以書為單位的寫法。坊間有些作品讀來偶有硬湊之感，在此不便列舉。可喜的是，《香鬼》的成書型態相當堅固，讀來儼然是長篇的架勢，上自紅毛猩猩的前塵過往，下至調香師北北的情慾冒險，在小說裡自由穿梭，每篇轉折不同，但仍保持著極好的敘事彈性。

感官召喚記憶，氣味引發愛慾，如黛安．艾克曼在《氣味、記憶與愛欲：艾克曼的大腦詩篇》所引述英國詩人作家吉卜林之言：「氣味遠比聲光影像都更能撥動你的心弦。」放在這裡或許可以改成，氣味遠比聲光影像都更能撥動妳的性。如北北想像安四肢著地進入她；又如用試香紙採集汗水，輕易引發男人慾望。穿上訂製香水彷彿穿上春藥，「調香師被自己調配的香氣勾引，聽起來是如此自戀天真。」性有了，那麼我們就要問，愛呢？北北對動植物和香水的愛，顯然比對人類高出很多。她也彷彿跨在兩端的世界搖搖晃晃，如康老師稱她一直幻想有猩猩，有些角色也只有她才看得見。這些奇幻又寫實的描述，放在這本小說裡彷彿再合理不過。或許最好的寫作，正是踩在這種虛實難辨的界線上。

北北是徬徨的，然而這徬徨令小說撐出了一個空間，讓她去猶疑、去迷惑，無論途經多少人，這終歸是一場屬於女性自我的追尋。特別想提書中〈夜間大麻〉一篇，北北重遇了舊時導師翠翠，卻發現她已不復以往。兩人和香鬼之間的三人角力，氣味和言語間的暗湧流動，是小說的高潮點。

讀這本小說的過程很愉快，因為一路流竄的香氣時時惹人停留。古乃方自然是寫氣味的能手，更極具野心的夾帶高濃度的調香知識。我不免想，或許《香鬼》最好的讀法，是耐性去品味每一處精彩的氣味描寫：「花莖攀折。奇香四溢。綠草擰汁。」「煙燻果香也使他開胃，餓的感覺就是活著。」「時間讓香氣走得更深沉，底是圓潤的，卻又清爽，像是穿上蠶絲。」令人想起朱天文經典之作《世紀末的華麗》裡的女巫米亞：「她將以嗅覺和顏色的記憶存活，從這裡並予之重建。」時空流轉，如今新世紀的色與香，被古乃方寫了出來。

讓我們回到徐四金的《香水》吧。小說結尾，葛努乙被眾人慾望瓜分殆盡，一丁點不剩；而古乃方的北北卻一次又一次的復活、破碎再重建，然後轉化——這個調香師肯定會喜愛的動詞。在各種氣味中，活成新品種的自己。

推薦序

拆解一支簽名香水

白樵（作家）

辨香難，調香描香更為艱鉅。

氣味，連帶鼻腔與所有嗅覺形塑的符號體系，並非如世人所料般蓬勃發展。那是西方世界於上世紀七〇年代以前，遠從亞里斯多德，柏拉圖以降，至佛洛依德時代為期數千年的，鄙嗅覺，氣味之道統：古希臘哲人將嗅覺視為「半物質化，半精神化」，一種裡外皆非的中庸官能定位，論物質性不如觸覺味覺；論精神性不如視覺聽覺（諸學派或以主張「所有天賦存於鼻腔」尼采為例外）。

另一不易之處屬於修辭層面。

法文，衍伸而出的拉丁語系甚或擴散至全語種，人們面臨嗅覺的形容，所能動用的語料，相對貧脊。除卻好聞／不好聞的香臭二元論，其餘修辭，幾乎是類比式的，以原物名詞代換之（少數例外，是今日任教於牛津大學的阿希法・馬吉德在研究馬來西亞的嘉海族時，發現該族描述氣味時，多使用如色彩的抽象語彙），或挪移，轉介其他感官的形容：清爽、腥、羶、甜膩、辛辣、厚濃薄淡等。

嗅覺是曖昧的。似無有極限。不若視覺、觸覺、聽覺，存有與接觸物的最大接受值（五色令人盲、五音令人耳聾、肌膚毛髮刺割受損之易）。惡臭，所引發的最大不適，似乎未若其他感官能至傷及受器本身。

若粗略地將探討範圍緊縮於製香，彷彿又有本體論的偏差存在。

那是日式香道以沉香固體粉末為尊，對比歐洲香水香精文化之別。是原料質地採用的碾壓性多數決：以植物為尊，嗅覺歷史中，少數出現如：麝香、龍涎香、麝貓香、海狸香等動物性原料。

要成就一部以嗅覺、香氣為主的小說如此困難，古乃方的《香鬼》正是穿越前述疊床架屋的種種不易，而終成就的精萃之物。

全書以調香師北北為主要角色，以八章節，前後切割挪移調度時序，講述北北從調香課識得同儕巫巫、老師翠姐後，獨自成立個人訂製香氛品牌，期間經歷不同情感客體（藍領安柏，布爾喬雅階級感的香鬼，諮商的康老師，甚至從熟客谷玲任職的靈長動物實驗室逃出的紅毛猩猩安），與之衝撞，交融後的化學反應。

八篇故事，可各自獨立為短篇小說，更能相互串連成一支獨特、具備嗅覺金字塔的訂製香水。首調金屬氣息濃烈，無盡綠意與動物皮毛混織的鐵血味，帶有粗砥大小截面不一的顆粒感，碰撞，摩擦，強烈時猶如鞭斥與傷瘀（是與紅毛猩猩安之間時親暱時暴戾的親密關係，是與心理治療精神分析體制的抗衡與曖昧，亦是腦神經科學領域端腦甲冑魚兔耳嗅球松果體鼻週期等形塑的專業範疇，如此多方串流）。

心調如塵霧薄熙。寧靜，緩流，沉著的，匍匐的，時而有光時而陰翳。以龍血、蘑菇、光苔為料，搗碎，冷脂吸不同階段穩定情感週期裡，移動在不同市鎮裡的養分與靈光。

此香最險／顯之處莫過於底調。古乃方拒絕安全與保守，劍走偏鋒，以雲泥有別的相異質地，衝撞出終點前的百轉千迴：挾帶塵埃與污泥，混沌如瘴的私植大痲；與最終晃蕩遠洋島嶼畔沿半透明的湛藍光影，與海藻清鮮氣息的最終尾韻。

若將此書視作當代職人書寫潮流下的產物，無疑是種矮化。《香鬼》非循規蹈矩地對讀者娓娓道來一名女孩如何，又為何成為調香師（相當有趣地，許多關鍵性角色心理成因，如北北與母親的過往細節，作者隱而少提），並未試圖讓大眾迷走於繁複的專業步驟與龐雜香料堆砌。此書可貴處，在於填補華文感官書寫中，對嗅覺的闕遺。

同樣身為「氣味修辭困乏者」，西方文學，除了眾所皆知的徐四金以外，卡爾維諾遺作《在美洲虎太陽下》中的〈名字，鼻子〉，法國文學中更有自左拉、巴爾札克至普魯斯特的嗅覺書寫。然將觀點移至台灣，眾讀者對此領域可思及之作，無疑仍是舞鶴、施叔青，及朱家姐妹世紀末於此領域的驚鴻一瞥（少數後起之作，或可舉去年以描寫芳療師身分遍巡偏鄉，長照等現場的鄭育慧散文集《三個深呼吸》為例）。

小說系譜中，可將《香鬼》與朱天心以嗅覺、香水為元素的短篇小說〈匈牙利之水〉互做對比，便可探查香氛文化在台灣三十年間的本體性變革。

身為調香師，古乃方有系統地爬梳香氛，已脫離〈匈牙利之水〉那徘徊深夜咖啡館談心的中年男子論述其妻們時純粹的使用者／消費者知識。同屬商業行為，朱天心筆下人物消費的，是國際品牌形象；新世代消費者著重個人化、風格化的獨一無二（萃取、轉化愛人的汗液）。〈匈牙利之水〉著重在普魯斯特由原物料氣息催生而出的記憶（邊緣外的時間與純粹狀態時間交融）；乃方在此書欲探究的時間，似乎更聚焦於氣味共生的當下，與氣味可推進的未來。

北北自創的個人品牌，其對香料的使用與混香切入點，更全面地，濃縮了西方香水史的近代變革：那是嬌蘭在一八八九年研發「芝琪」時，強調的第一支突破類比手法，擺脫花卉果物擬仿的人物化情感香氛。「香奈兒五號」以氣味式女性氣質的符號塑形。愛滋黑死病年代推出的首支中性香水 cK one。帝埃里・穆格勒（Thierry Mugler）以女香「天使」大量使用焦糖、巧克力、蜂蜜漿果諸原料的美食香水（parfum gourmand）。乃至新世紀初，由佛萊迪克・瑪爾（Frédéric Malle）所創，與不同調香師合作，將簽名香水視作等同藝術創作的「馥馬爾香氛出版社」，此西方品牌概念一路以來的展演與遞嬗。

醬油，苔癬，墨條，愛人的存有，混合擺蕩在人與獸，正常與反常，世俗與神聖等所有之間的掙扎。如此遺留下血淚交織的氣味，帶有鮮刺痛覺的，是乃方首款以文字調成的香。

古碧玲（作家、《上下游副刊》總編輯）

《香鬼》是一部炸開人類五百萬個嗅覺細胞、震撼感官的小說。描繪氣味地圖，因為其觸人至深，縱使遍尋所有的辭藻，用盡雀躍筆尖的言語，地圖似乎仍有缺角一塊。作者古乃方藉《香鬼》補綴地圖的缺角。以不甘於穿著會撞衫的「香味制服」的調香師為主軸，一新此間小說創作的選題。

調香師，宛如氣味探險家，即使植物的氣味已經能起著帶領人穿越森林並跋涉沼澤的作用，嗅聞潮濕的樹皮、苔蘚、藻類與泥土等氣息，一旦遇到泌出濃脂般的動物腺體與皮質，仍叫氣味探險家賁張出各種無可言說的狂熱。起初只想以植物為調香基調的調香師，因手刃了調香天才——她所摯愛的紅毛猩猩，那動物鮮血等味道好像一瓶綁架她心神的致命酊劑，敦促她裹起紅毛猩猩的皮囊氣味獻給調香祭壇，開展出充滿喧囂氣味的故事。

本身是調香師的古乃方筆下的人、獸、似人似鬼的角色竄遊於感官的迷宮，迷走在神祕、刺激、混亂、原始、歡愉等熾烈的慾望之林間。讓讀者的腦波神馳於這一波波的感官潮汐裡，載浮載沉。

讀罷掩卷回味，我們終於有本充滿氣味、極其獨特的文學作品了。

瓦力（作家）

新生兒出生的時候，眼睛只能看見前方二十公分，但神奇的是，就算母親距離寶寶超過二十公分，寶寶光是聞到媽媽的氣味，就會覺得好安心，進而尋乳。乃方的香水小說是華文寫作難得的奇景，透過氣味施行時光的召喚術，也透過氣味尋找那遺失的自己。如此性感的閱讀讓人備感親暱，就好像我們才剛誕生於這個世界，從生命裡感受的只有愛，只是愛。

寺尾哲也（作家）

「花本來就是香的。」調香重要的是獨特。《香鬼》刻畫香水的生產與消費間的張力十分迷人，讓我屢屢想到小說作者與讀者間的關係也是如此：一方看見了精準調度，一方看見了繁花之上再現的繁花。兩種迥異取徑都將無限逼近香水與小說的真相。

孫梓評（作家、《自由副刊》主編）

身為一個勉強沾邊的香民，讀《香鬼》是要想起一個被用舊了的成語叫「屏息以待」。看古乃方從容調配她銳利發亮的文字，指揮角色一如巧置各類香材，而成就一段女性探勘愛欲、肯認自身的漂流記。與此類主題經典人物葛奴乙相較，古乃方鑿出截然有異的人物形象——當嗅覺天才顯得神魔難辨，《香鬼》的北北則如此誠懇琢磨每一趟關係的從屬，葛奴乙的迷戀通往不可避免的囚禁（像一樽香水瓶），北北昭示的卻是自由及其恐怖（揭啟了瓶身）。也因此，閱讀著氣味般持續揮發的情節，而深深感覺，那之中，有一種非常渴望的東西，非常危險，非常鮮豔。

郝譽翔（作家、台北教育大學語文與創作學系教授）

這是一本華麗、幽闇而迷人的作品，儼然徐四金《香水》與朱天文《世紀末的華麗》的合體，但《香鬼》卻別具詭譎妖異暗黑系的風格，宛如在紙上展開生死愛欲的繁花盛宴，或來自遠古蠻荒女巫吟唱的血與玫瑰之詩，令人讀來欲罷不能，酣然暢快。

陳栢青（作家）

你打開的，不是小說，而是春天。

《香鬼》給我們的，不是花束，而是一整座花園。

三島由紀夫寫，「所有文體都是從形容詞的部分開始老化。」古乃方則反過來，「一個人的感受從嗅覺開始青春。」

都活起來了。小說家筆下每一句話都在招手，每一個字都是挑逗。她的思緒野，野成精。文字不帶重量，卻帶味兒的，足夠讓人五味雜陳。筆下感受、資訊與奇觀，調配比例精準，細緻到每一個單位元都在撞擊你的細胞壁，吃氛圍，吃感覺。更癡心。小說重新調整觀看的距離，不如說改變你的感覺的方式。

翻罷書頁，指尖猶香。心裡總是念念。從此，他就留在你心裡了。

Chris（香水評論報台—Chris Perfume Reviews）

與乃方認識好幾年了，她常與我分享一段話：「調香，是我能依靠自己，前往最遠的地方。」言下之意，即是我們每一個人潛力無窮、想像無設限，任何的天馬行空、遙不可及的幻想詩篇，都是創作香水最重要的靈感泉源。

或許香氣對許多人來說是抽象的概念，是神祕的、靈性的、幽深的，但透過文字與香氣連結，宛如與乃方自然而然的個性共生一樣，已成為她既巫豔又靈騷的風格標誌。

閱讀《香鬼》，喚起香水曾帶給我們的悸動，如同不一樣的旅程、不一樣的啟發，值得我們一起去探險體驗。

獻給現實生活裡的安

01

植物野獸

Verdant Beast

沿著長樓梯上行，簷梁間燕子正在築巢。北北想著春天要到了，接著快步走過管理室，通向中庭花園。傍晚的灌木叢上，罩著一片閃著光的霧。她睜不太開眼睛，憑著嗅覺的記憶，走上側邊樓梯，工作室在二樓。那是一個樓中樓，一樓調香，二樓的小閣樓睡覺。沒有門鈴，誰靠近了，他們都會知道。

長木桌上散落著貼著標籤的棕色小瓶子，上面寫著不同的香材。三個錐形燒杯裡浸泡著不同的植物，淺綠色液體泡著新鮮苔蘚，湖水藍色泡著紫羅蘭葉，樹皮色液體泡著薄脆的咖啡色羽翅。陶燈垂降在桌子的上方，是屋子裡唯一的光源。夜裡，一人一獸在桌前。再仔細看，獸的雙眼鼻子和嘴被褐色毛髮遮蔽，一隻紅毛猩猩坐在椅子上，雙腳碰不著地。北北站著，她把香材滴在長條試香紙上，細細的手如花莖，在他的鼻前揮。

「安，這是五月玫瑰，沒有大馬士革玫瑰的辛辣，更多蜂蜜的甜感。」北北叫他「安」。安的鼻孔撐起，像風吹起的裙襬，接著發出一聲低鳴。安搖晃著桌子，表達喜歡。桌上幾個空燒杯因此掉在地上，還好北北早已在地上鋪滿揉皺的報紙和泡泡紙，燒杯只碎了一個，也沒有砸到腳。

安從不會暈香，每當北北吸入過多揮發香材和酒精，鼻子已經麻痺時，安還可以繼續聞。辨認氣味對應的香材，是成為調香師第一步，用氣味說故事得先記憶單詞。多聞大師之作也是重要的訓練，像是關掉字幕看美劇，英文聽久了好像也會說了。要進入氣味的場域中，往往依靠視覺化，轉開沉甸甸的香水瓶蓋，當前調的第一印象飄起，便好像有影像投影在牆上，他們今夜的氣味電影是嬌蘭，嗅聞絕版的「沙漠玫瑰」。

「最先出來的竟然是烏木。」北北閉著眼說。「中調就是玫瑰和廣藿香，這其實很經典呀，一花配一草。不知道這瓶香水為什麼這麼受歡迎？」北北揮著試香紙說。

北北跟安說過，越厲害的香水，就是越善用轉化的力量。譬如蛇麻草聞起來有蝦殼腥騷，但加上玫瑰，那本覺得的騷臭就會轉化成一種野生的氣泡感，性感死了。嬌蘭是老牌子，他們的香水配置多半保守，總是花香，而花本來就是香的。

「沙漠玫瑰」裡，完全沒有一點有風險的香材，像是過厚的綢緞，雖然好穿，卻永遠無法理解挖洞裝的前衛。

安聞到喜歡的香水會手腳舞動，唯有如此才能把他的喜悅表達清楚。有時北北會考安，要他復刻大師作品。那晚的題目是：去年AOA冠軍的香水，「棒賽盆栽」（Bonsai）。透明感的綠意帶著禪意，香水圈為之瘋狂。那是一瓶日式庭園，紫藤花、菊花、焚香、柯巴脂、柏樹……，香調表裡最令人好奇的是鱷魚杜松，怎麼問遍世界各地蒸餾廠，也找不著這香材。即便找到了，比例還是個謎。

安踮起腳，在鐵架前嗅聞。夜晚的調香室除了桌上懸吊的陶燈外，幾乎是全黑。光線會把空氣帶走，讓人無法嗅聞到任何東西。北北還在轉著架子上的玻璃瓶，想看標籤上的名字，安已經抓出好幾瓶，杜松、迷迭香、樹蘭……。

「咦，香調表沒有迷迭香呀。」北北說。「也沒有樹蘭。」北北說完沒阻止安，她想看看他究竟會調出什麼。

安選的原料氣味都很離地，香檸檬、青檬果、佛手柑、橙花，看來沒打算加上檀香讓輕盈的氣味接地，完全打破香調表裡前調果、心調花、底調木的邏輯。

燒杯玻璃映照出紅毛猩猩的臉，一對小小的淺褐色眼珠，鼻孔巨大，寬大的臉頰肉，毛髮看起來乾燥又粗糙。安先在燒杯倒入50ml苔蘚酊劑，再加入樹蘭時他就失手了，整罐10ml倒下去。北北覺得很心疼，因為這是她前幾名昂貴的香材。撲鼻的龍眼蜜迎來，瞬間來到果園。攪拌時，龍眼香氣已經淡去，杜松的氣味浮起，透明感的綠意襲來，金褐色的液體在光源下閃耀，帶著無雜質的純淨，像是一壺蜜香烏龍。安完美復刻了「棒賽盆栽」，卻因為太過即興，無法寫出香水的比例。

安手腳舞動，表達這是他喜歡的氣味，然後捶胸，肚子發出咕嚕咕嚕的聲音。每次調完香水都會餓壞，「棒賽盆栽」的迷迭香更讓他開胃，安四肢貼地，爬到冰箱前，翻攪找尋生雞蛋吃。北北遏阻他，不行，要等蛋煮熟。當北北把加蛋的烏龍麵端上餐桌時，安伸出雙手往碗裡扒麵。

「吃飯要用筷子。」北北說。安握筷子很笨拙，那粗糙的大手，一百三十公分高的身體，很難搞定兩支竹子削成的筷子。只要北北不注意的時候，他便用手扒麵。

安喜歡北北身上那帶有五月玫瑰的乳香體味，只要北北喚他，安就蹲下，鼻孔撐起，猛吸著她的氣味。他也喜歡打雷的時候，北北打哆嗦，身上散發著的穀片香，聞起來像是胡蘿蔔。北北不在家的時候，安就會到花園吃蝸牛，在花盆旁尿尿。

北北喜歡安身上的茉莉花香，調香師都叫那「吲哚」，是一種含氮化合物。高濃度時，會散發出糞尿似的甜膩腐臭，比例極低時，卻開出幽幽攝魂的茉莉花香。香民總說吲哚是腐爛的花香，入土前呼出的最後一口香。北北對吲哚的理解是，它的出現會讓植物動物化，喚醒心底的野獸。

夏夜，北北和安喜歡去採摘茉莉花。拿出銀色的鋁盤，鋪上冷油脂，把茉莉撒上去，大概等個五天就可以換花，重複大約十來次，油脂會吸飽茉莉呼出的香氣。這珍貴的茉莉香膏，用來浸泡「酊劑」，成為花香系香水的DNA。

安體力很好，早上記憶香材，下午練習分類，晚上欣賞大師香水作品。空檔他喜歡吃烏龍麵配蛋，邊吃邊轉開電視看動物頻道。安學得很快，才教他香材的分類，他就可以開始分析手邊各種氣味樣本。原子筆的硬筆墨的味道是塑膠加上苦橙。醬油的味道可以拆解成焦糖、黑雲杉和香草。雪松有木質甜香，龍涎香也有，淡淡的堅果香，跟醬油很搭。

學習調香，安簡直是天才，每天都有新的發現和領悟。但他總是不寫配方，像野獸憑感覺亂加。

北北從十九歲開始調香，到現在也有十年經驗了，累積了不少海外粉絲。之所以海外客人多，是因為人們覺得國外的比較香，台灣人不支持台灣香，北北的鐵粉多來自歐美。一人一獸的生活靠販賣香水還過得去。香水可以換錢，錢可以換烏龍麵和雞蛋，安是這樣理解的。

「魏小姐，又要寄貨呀。」管理員王先生說。五六個箱子擋住北北的頭，她正在下樓梯。「生意很好喔！」王先生每次都這樣說，卻從來不幫她搬。

下午總是要包貨寄貨，耳邊出現的都是嗞啦嗞啦的聲音，膠帶從捲帶上剝離，北北喜歡用瑞士刀劃斷，包完貨刀子總不自覺放在口袋。寄完貨很累，北北到中庭花園透氣，一吹口哨，安會跑下來。在北北面前蹲下，嗅聞腳踝上的玫瑰花香。散步時，幾個穿制服的國中生看著安，露出難以置信的表情。大笑後，有個國中生垂著手向前走，東抓西抓著身體。安不知道他們在模仿他，還會跟著笑。安走路時手垂得很低，再低一點雙手就會碰到地。有次散步回家，王先生指著安，說北北怎養一隻怪狗，殊不知安聽得懂，安發狂，在花園裡狂奔，撞碎所有花盆。

花莖攀折。奇香四溢。綠草擰汁。

氣味延展安的思緒，醬油浸潤著安的身心，給了他家的歸屬。醬油對安來說，有種一開門，便聽見「你回來啦」的家的感受。他們相遇兩週後，醬油主題的香水習作誕生。

100 ml，Eau de Parfum，20%的淡香精濃度。飆嗆的強勢焦糖，前中後調顛倒，氣味成塊成塊地在時間裡湧動。北北說這樣的調法雖特別，不過會有點像是粗糙的色塊交疊，沒有深邃的灰階，太過原始，古埃及的香水製程還比較精緻。安把「醬油狂奔」倒入圓形香水瓶裡，抵住燈泡，光在薄薄的玻璃表面上滑行，時間變得柔軟起來，直至他噴出香水。

「焦糖是點綴，你加太多了。結構支撐很重要，你這瓶像是一坨味道，香水是有前中後的。」北北唸他。

1%焦糖，3%癒創木，5%黑雲杉，1%香草。類似這樣。北北示範寫配方。

「不過最重要的，還是你想表達什麼氛圍什麼故事，不能因為你喜歡烏龍麵加醬油，就調醬油香水呀。這太任性了。」北北說。安做鬼臉，粗糙的大手拉下眼瞼，他的眼睛突出，淺褐色的一對眼睛顯得恐怖。

第二次調香，北北幫安架好環境。木桌上整整齊齊放著分類好的香材，空燒杯，酊劑，還有一支筆，一本筆記本。

「你要記得寫配方。」北北提醒。

安在電視前一直跳，感覺要逃避。北北放了一首Drums of Death，那是在迦納的一首田野錄音，是葬禮的鼓聲。鼓聲一出現，安就站上椅子上捶著胸，陶燈和桌上香材開始搖晃。鼓聲加速時，安已經全身是汗，最後他發出一聲低鳴，耗盡力氣後，他從香材小推車上拿出幾瓶棕色罐子，跟著音樂打著拍子。

佛手柑，苔蘚，苔蘚，苔蘚，岩玫瑰，佛手柑，菸草，菸草，菸草，雪松，雪松，雪松，岩玫瑰。

北北看著棕色罐子上的標籤，寫下他的氣味樂譜。她好像可以知道他聽見了什麼。鼓手打鼓皮的輕快像是佛手柑，打木頭鼓框像是岩玫瑰的樹脂氣質。

安拿起燒杯，跟著他的氣味樂譜加入香材。但他無法控制力氣，苔蘚連續加三次，忽多忽少，他只能即興，只能隨機，不甩規律。攪拌的時候，他把玻璃棒捏得太大力，玻璃碎在燒杯裡。安把燒杯推倒在地。香材揮發，奇香狂想，黑鬼歌唱。北北拿滴管吸取地上的香水，這瓶是進步之作。氣味不再成塊湧動，每個分子有自己游泳的速度，聞起來感覺輕鬆許多，一瓶閒散的鄉野小品。

或許明年十二月，他們就可以去投ＡＯＡ了。ＡＯＡ是Art and Olfaction Awards，是小眾香水的奧斯卡，在美國舉辦。如果得獎了，就會從國外紅回台灣，這樣，台灣人也應該會認同他們的香水了。北北想著。

北北感到快樂時，味道像是薰衣草加上乳香，是一種柔軟又輕盈的氣息。安可以聞到她的不同情緒。憤怒時像番紅花，有著胡椒香料的沙塵感。北北的害怕是他最喜歡的氣味，是讓他肚子咕嚕的胡蘿蔔籽、穀片和土壤氣息。

香水的粉絲專頁叫做「BEBE」，隔天一早，發現被改成「CHA BEBE」。趕緊先把粉絲專頁關掉。

「到底是誰把我們改成恰北北？」北北說。安笑出虎牙。「明明是台北的北。」北北翻白眼。「應該是那個Monica駭進我們粉專。」北北邊檢查後台的登入紀錄邊說。

「有些人就是見不得別人好。那個Monica就是台灣第一個創香水品牌的調香師呀，她的爸爸是茶農，有很多昂貴的綠茶原精，十幾年來都打著茶香水的招牌。」北北點開Monica的粉絲頁給安看。

「就是這個牌子，mademoiselle，我到現在還不太會念，馬的什麼的，香水圈叫她ＭＭ家啦。」北北說。安側頭表示不解。「算了，反正你也沒興趣。」北北說完，重創一個粉專，重新寫介紹，當作備份帳號也好。

平時寫配方外，北北還要寫香水介紹，她覺得很煩。因為覺得若聞到了，文字何不都閉嘴。要寫介紹，就是給沒聞過的人一個引子，說好聽一點就是用文字勾引。但是關於自己的介紹，應該怎麼寫呢？

我是調香師北北，育有一獸，小獸比我會調香。

但是安又不是她生的，怎可以寫「育有」。「獸」雖然聳動，但是安看到一定會生氣。

我是調香師北北，和學徒安經營香水工作室。藏家遍佈全球，除了台灣。

這樣寫好像太靠北，學徒也有點怪，再來一次。

Perfume by BEBE。調香師北北創立的香水品牌，正與新銳調香師安，轉化香水中的野性。

拍板定案。去倒垃圾。

王先生從管理室探出頭來：「有住戶抱怨二樓走廊太香。」

「太香也不行喔！」北北說。氣味本來就是很強勢的東西，容易入侵別人空間。北北看著王先生，覺得他瘦瘦扁扁黑黑，又眼睛細小，很像老鼠。上次跟安走在騎樓下，還有一隻大老鼠從天而降，嚇死北北。這間位於吳興街284號的工作室，離夜市太近，一下樓就是紛雜的食物味，或許是該搬走的時候了。

安很喜歡深夜去爬象山，北北不喜歡，因為山坡上紅通通的廟很陰，不知哪裡會竄出鬼。總在北北就寢時，安去爬象山。夜裡沒有人會笑他長得奇怪，他可以赤腳上山，任樹枝刮過身體，像是在替他梳毛。

在山頂瞭望城市時，他覺得很輕鬆，不用再學習怎麼用筷子，不用試著融入社會，更不用任北北成為他和社會的中介。如果可以，他覺得住在山上也不錯，但他又很喜歡台北老公寓外露的電線氣味，讓他想到龍眼木的營火，不只有種電線快要走火的興奮感，煙燻果香也使他開胃，餓的感覺就是活著。

每次從象山回吳興街，他會把雙手垂落至地，輕快地跑著，深夜也不會驚動誰。當跑上長樓梯，一開門，北北便翻身。

「怎麼有燒焦的味道，你剛剛還去了哪？」北北微微瞇眼。安沉默，他那小小的淺褐色眼珠變得更小了。

一個月後，安調出「鮮血香水」。他發現玫瑰草尾韻有類似鮮血的腥味。

「安，你湯底用什麼呀，怎麼有種黏液感。又不太像是樹脂。」北北揮動著試香紙問，酒紅色的香液在紙上滑動。

安露出邪惡的笑，垂著手跑到陽台，拿出一個密封罐。淺褐色眼珠抵著玻璃，酒精上浮著一層黃油油的黏液，往下一看是成堆的蝸牛屍體。

「我的酊劑是純素耶，要泡苔蘚，菸草，普洱茶餅等等呀，你泡動物屍體好恐怖。」北北邊說邊看著蝸牛，轉身到洗手台吐。安抓起調香桌上那瓶泡著薄脆咖啡色羽翅的樹皮色酊劑，表示這瓶也浸泡過動物屍體。

「蟲膠喔。靠，你是說我也沒有純素嗎？但那是我去中藥材買的，這些蝸牛是被你弄死的吧。」北北撐大鼻孔說。

安拿著那瓶酒紅色的「鮮血香水」，他那沒有血色的唇瓣上蘸著蝸牛黏液。他蹲下來，朝著北北的腳踝噴。

「你幹嘛。」北北說。

「鮮血香水」，玫瑰草先是乾燥的草腥，然後是血，中段飄出金屬味，像是極度銳利的生綠茶。尾韻先是酸，然後是黏稠感，食人魔廚房的氛圍。

「鮮血的酸感，是為了襯托花香，像是香奈兒五號，用乙醛讓茉莉花更甜美。」北北對著燒杯說。安把玩著地上的玻璃碎片，根本沒在聽。「酸的存在，像是生蠔要淋上檸檬那樣，可以讓鮮甜更明顯。這樣你懂了吧。」北北拍了一下安的後背。不過他一轉身，竟然揮舞著玻璃碎片。北北向後退了一步，眼前的安，是一隻成年紅毛猩猩，帶著攻擊性。

夜晚，安睡在床的外側，聽著他低頻的呼吸聲，北北突然感到一種陌生的恐懼。她想著，他們的關係是師徒、夥伴、家人，或只是一種馴服？要不趁他獸性爆發前，把安關進籠子？甚至用枕頭悶死他？安睡覺時只穿一件棉褲，北北真想朝他褲子口袋摸。她會找到什麼呢？也許是蝸牛殼，也許是一疊鈔票，又或許是人類的指甲，或者……，是一把刀？思緒朝向各種可能。她對他還有很多不了解，不知安在哪裡出生，更沒看過他的族人。她想豎起防備的纖毛，不過安是她最好的朋友，不對他敞開又要對誰。安是調香奇才，有著無與倫比的直覺，不，那是他的本能，但他永遠不甩這行的規矩。

會大賣的香多是花香，可是安常雙手一攤，表達花本來就是香的，又為什麼要調香？

他在氣味裡探險，不管「鮮血香水」有沒有市場。

安側睡，膝蓋彎曲，不時踩著空氣踢。他是在夢裡奔跑嗎？會不會在找尋他的族人呢？

北北對著他的臉呼氣，她記得書裡說，對任何東西呼氣，氣味就會升起。

飄起的氣味是樺木焦油，有點電線走火的味道。她第一次在動物身上聞到這氣味。那是一種強烈的、雄性的毛皮氣味，讓她想逃。以前從來沒聞過安身上有這味道，是他變了嗎？

她感到眼皮不受控地下墜，腦袋來不及繼續轉便睡著了。

一早的陽光很肥，鬆軟的光落在藕色被單。北北一睜眼，安已經不在床上。下樓，看著安蹲在椅子上。他的眼神看向一個500 ml 錐形燒杯，裡頭是酒精，還有幾綹黑色的長髮。

「這是誰的頭髮！」北北抖了一下。

安轉頭對北北笑，露出白牙，天真爛漫，好像這頭髮是天上掉下來，他只是不小心撿到。最好是這樣。

那天晚上，北北覺得腳很癢，使勁踢了一下。發現踢到了一支尺，她開燈。腳踝刺痛，閣樓的木地板上有支黏著皮屑的鐵尺，安靠在牆上，兩隻短粗毛腿掛在樓梯上甩動。

「你在幹嘛。」北北嚷，腳踝發燙。安四肢著地，對著北北的腳踝猛吸。

「你刮我的皮，很痛，懂嗎？」北北說。「而且我不是跟你說過酊劑要純素的嗎？」北北擦撞著安的肩膀，大步地走下樓。OK繃還沒找到，她就被那錐形燒杯裡浸泡的東西給嚇到。

幾綹黑長頭髮（應該是安從浴室撿來的北北頭髮），幾片透著血絲的薄皮屑，兩尾蜥蜴尾巴，三個蝸牛殼，幾撮像蒲公英的白色貓毛。

調香師不評判香材，好的壞的都是力量。血腥可以轉化成野性之美，就像牛糞乾燥後有紅糖芬芳。拔開燒杯上的軟塞，頭向後仰，緊捏鼻翼。北北不想浪費第一次的嗅覺記憶，她捏著滴管乳膠帽，滴了幾滴到試香紙上，在空氣中揮了揮，也同時把第一秒出現的酒精趕跑，閉眼，嗅了幾下。

第一個印象是野獸。即便香水圈都謠傳著嬌蘭的酊劑浸泡過靈貓香，那也是有點粉的湯底，不像眼前這瓶如此奔放。混合著血的腥、蜥蜴鱗片、蝸牛黏液、貓毛和蠶寶寶的氣味。她再次把試香紙揮了揮，把空氣吸入鼻腔，時間讓香氣走得更深沉，底是圓潤的，卻又清爽，像是穿上蠶絲。

她在心中閃過虛榮的想法，理想調香師出道的樣子，三十歲之前得了ＡＯＡ，簽名香大賣，一年一系列作品，作品數量多又品質穩定，藏家遍佈世界，包括台灣。或許還可以變成總統外交的伴手禮，讓世界聞見小島馨香。

一早，北北用耳機聽一次Drums of Death，琢磨規律和隨機的關係。安一靠近，她就把音樂暫停。

「我知道我們要怎麼分工了。」北北說。「我寫配方，調一大罐500 ml的香水。你就按照你的方式即興，用你浸泡的酊劑，也調500 ml。最後我們把兩罐加在一起。」北北走到調香桌前坐下。

Eau de Parfum，淡香精濃度，500 ml香水需要100 ml的香材。她想起安身上那隱隱的炭火味，像是三溫暖。

10%樺木焦油＋30%乾草＋40%雪松。她寫在筆記本。

苔蘚酊劑倒入燒杯。

擠壓滴管的乳膠帽，加入樺木焦油。

攪拌。電線走火，透紅的炭。

再加入乾草。樹枝脫水，進入森林大火。

雪松，雪松，20 ml，20 ml，分兩次加。燒杯裡看見樹皮白蠟如雪。

攪拌，攪拌，不斷攪拌。

最後她再加上甜茴香和蒔蘿，種籽的香氣，讓這股熱氣更加開胃。

安一聞到這氣味，就不停旋轉。這是他的味道，有點稜角，有點原始，帶著火苗連結天地。

北北站起，椅子讓給安。要他坐好，換他的即興特調。安拎著一個燒杯放在桌上，倒入他那浸泡著蝸牛殼、北北的頭髮、蜥蜴尾巴、貓毛、腳踝皮屑的酊劑。他幾乎是瞇著眼睛，隨手抓香材，不測量ml數，把燒杯當作潑墨畫，隨興添加。桂花加入，香水還是透明帶鵝黃。天竺葵加入，是淺淺的藍色。當一滴紫羅蘭葉原精加入，整個燒杯變成了湖水綠色，氣味很濕，像是暗藍綠色深湖跳出一隻青蛙。燒杯裡的花，各自聚錯，又各自別轉。安目不轉睛。最後升起一股病態的綠色蒸氣，像火山洩氣。

北北拿出一公升的錐形燒杯，把這兩個燒杯加在一起。

調完香的光澤濃稠，像痰。恐怖代謝後是怪美。調香桌上投影出的氣味畫面如此具體。野獸般在深林裡狂奔，身子掃過灌木叢，沾染了桂花和露珠。安擠碎了很多植物，綠草揉擰過的氣味鮮甜。天色未亮，野獸、植物和露珠滾動在一起，那樣的混沌，如盤古開天之際。

北北好像記起來為何成為調香師了。是那份我偏不。偏偏客人可以隨著商業浪潮買著香奈兒、Jo Malone、Dior的香水，但就是有個人偏不，偏不要一進到捷運就聞到漫天女人都同個英國梨和小蒼蘭，偏不要一脫衣服就要唱著 I only wear Chanel No. 5，偏不要一樣，要怪美，要奇幻，要全世界僅有一瓶的獨特盛放。因為那才是簽名香的真諦。

正因如此，北北在這氣味的世界裡活了下來。她可以做自己，她再怪也不會被討厭，反而被國際追捧，說她是亞洲 niche perfume 的代表。北北，無論是恰北北的北，還是台北的北，香水圈的人都知道她。

安也是這樣怪，她才可以待他如人，他不僅是紅毛猩猩而已，更是調香天才，浸泡動物屍體的大師。雖然最近他讓她感到害怕，但又何妨呢？他們已找到一起工作的方式，這樣就夠了。

整個工作室被「植物野獸」的煙霧籠罩，他們把漏斗架在隨身香水瓶嘴，倒入香水，旋緊噴頭，準備帶到通風的地方嗅吸。安出門都不喜歡穿鞋子，北北說你至少要穿個厚襪子，跌倒的時候才不會插到釘子。現在他們都不想管了，只想穿上「植物野獸」，去森林狂奔。久不見陽光，陽光像鞭炮嗶嗶啵啵炸裂。手拿著香水對空氣噴，一下樓梯，管理員又繼續問：「魏小姐，又有住戶反應二樓走廊都是……」「太香嗎？」北北燦笑。「安調的。」北北朝管理員臉上噴。

跑。跑過無數巷口，這是頭一次北北和安在白天朝向象山的方向。管他的指指點點，管他的路人手機二十連拍，管他們的垂手模仿，管他們的尖叫。剛調完香的他們只感覺到無邊無際的自由。

入口處，北北對著高處的階梯噴灑香水，向前幾步就會走進香水雨中。彷彿前方有人領著她，北北大步優雅向前。安像個久沒散步的小獸，快步地走上去。雨，不，香水分子，便這樣落在他們的頭髮、肩膀和身體的每一處。安乾燥的毛髮泛著水珠，淺褐色的眼珠因太陽的照射如紡錘，他興奮奔跑，以一隻成年紅毛猩猩的樣子。

汗水和「植物野獸」的混音迷人，前調的桂花、蒔蘿散去後，心調浮起了天竺葵與甜茴香的種籽香氣，進入底調後，樺木焦油呈現一種燃燒的獸皮感，帶著顆粒，雪松與乾草烘托著熱氣。這趟嗅覺旅程畫面完整，意象清晰。

他們的身體走進雪松木搭建的三溫暖湯屋，清水澆淋，木炭嘶嘶，汗水甦醒。細聞，有股柔細的青草香，沿路擦撞的植物擰出汁液，在皮膚上滑行。他們繼續跑，這瓶「植物野獸」讓他們興奮，像是個酣暢的導管，連結著安的野和北北的詩意。北北總是擅長用氣味經營意象，讓人穿上她的香水，就能置身在遠方的情境中，還能反覆觸摸那空間的氣味纖毛，帶著光影和音樂。而安身上的野氣是滾動的，無法只是置身在某個遠方的風景，氣味像海浪一波波席捲。「植物野獸」融合了他們兩個的長處，也讓人獸的邊界消融。

樹和樹之間漫著金光。快樂的時候，爬坡一點都不喘。快到山頭的時候，安好像不見了。他會不會跌倒了？或者是找到回家的道路？每次調完香安都會很餓，或許他跑回家煮烏龍麵加蛋吃了？許多念頭閃過北北心頭。

北北找了一顆石頭坐下。看著台北101和天上快速飄動的雲。她想著那個試圖把安悶死的晚上，安是否讀到她的意念呢？不，不會是讀，他總是能嗅聞到她心中的想法或是情緒。難道是這樣，隔天他才用鐵尺刮她的腳踝準備做成酊劑？或許，安早恨她成為他和世界的中介，可是安不想，不想用任何一個人的標準來理解世界。而他無法脫離，但又不想回家。關於家，安總是不說，更別提他的紅毛猩猩家人，每當北北不把他當成同類，他就會狂吼。

可是「植物野獸」是所有作品的高峰呀。他們得繼續為了藝術合作和犧牲，哪怕是恨，也要轉化，這是氣味教導他們的道理。

她聞到了濃烈樺木焦油，電線走火的氣味，聞到就該逃。北北感覺到熱氣從背後襲來。著火的飢餓，越來越濃烈，沒有框架，逼近某種原始的恐怖。

一轉頭，安從樹叢裡鑽出，四肢著地，眼神裡帶著成年紅毛猩猩的銳利。他低沉嘶吼，潔白的牙齒在陽光下如磨好的刀，北北覺得這不是安，這只是一隻發瘋的野獸。安躍起，北北後退，但安仍成功咬住她的腳踝。北北抽出藏在靴子裡的瑞士刀，護在胸前，她想跟他說，再來會有危險。

安咬得更大力，幾乎是想撕裂她的腳踝與小腿。北北痛得跌坐在地，鮮血從腳踝湧出，玫瑰草的尾韻浮起，是安曾經調過的「鮮血香水」氣息。安似乎是想到了什麼，因為飢餓而炸直的紅褐色毛髮，此時柔順了下來，他向前一步，輕握住北北的腳踝，好像要替她止血似的。

北北看見了這樣的空隙，她深吸一口氣站起，站起時她感覺有點恍惚，不斷想著，安是她，她是安。她想要自己是眼前這隻野獸。但她不敢說。她評判自己，這樣不對，人怎麼可以想當一隻野獸呢？唯有讓獸消失，她腦中的問題才會徹底根除。她的思緒像是藤蔓張狂地長，那些癲狂的想法正與行動合而為一。意識回來時，她的刀已經朝安的脖子刺過去。

血噴濺，安倒地，他那毛茸茸的手仍握著她的腳踝，鼻孔貼緊小腿，似乎想朝玫瑰花香再一釐米的靠近。溫熱的安，身上散發出龍捲風般的狂野體香，北北站在中心，這是她從未聞過的氣息。

她因迷惑而瞪大眼睛，確定眼前嗅聞的是安。時間因為被氣味撩撥而暫時停止，她聞著安生命最後的香氣。褐色眼珠是龍眼木，毛髮的油脂是堅果油，腋下的汗水像海風，關節處有蛇麻草的氣泡腥騷，腳掌是紅土混合著茉莉。她感覺到前所未有的親密，第一次這樣被安充滿，捨不得體香有任何散逸。每當氣味淡去，她發慌，想著心中的天才調香師，不能就這麼死去。北北使勁把安背起，踉蹌前行。下山時已天黑，七月是茉莉的季節，空氣灑滿花的體香。本來他們說好，夏天要一起去採摘茉莉，把花鋪在塗抹冷豬油的盤子上，讓花在沉睡中慢慢死去。換花，撒花，重複十幾次，直至油脂吸飽香氣。

回到工作室，用浸潤過豬油的麻布裹住他身上的野蠻香氣。沒有人會知道，「植物野獸」香水，最後1％的祕密。

這一年，北北的「植物野獸」和Monica調的「東方美人」，都入圍了AOA決選。她們一起飛往邁阿密，Monica澄清粉專被駭事件不是她搞的鬼，還願意贈送一公升的烏龍茶原精來彌補誤會。北北想著她真是個綠茶婊。

主持人宣布冠軍時，Monica抓著北北的手腕，默默唸著東方美人東方美人。但最後得獎的是「植物野獸」，北北站起時全身發抖。當掌聲漸弱，主持人朗誦評審的讚美：「植物野獸」體現了香水活在時間裡。探索野獸奔跑的寫實氣味和精神本質。前中後調，豐富、均衡又帶著新意。

冠軍要上台發表感言，北北完全沒有準備，她只是一直說謝謝，謝謝，謝謝。

得AOA，了卻北北被世界看見的心願。但她再也沒有新的作品，只是每天看著浸泡安的酊劑一點一滴少去，生怕會永遠失去這樣的狂野香氣。夜晚，她會爬上象山，頻頻回頭，期待黑暗中出現一雙紅毛猩猩的眼眸。北北的身上，總有著白花和一些不明所以的香氣，她知道那不是茉莉，是在碎花盆旁的猩猩尿液，帶點濕潤蝸牛的氣息。

02

醬油狂奔

Dashing Soy sauce

那件事情發生之後，北北把頭髮剪短，短到耳下三公分。她用了莓果粉挑染，給自己取了一個新綽號，東東，聽起來有點像小男生。她也搬了家，離開市中心的樓中樓，搬到郊區的小公寓。格局方正的兩房一廳，一間作為調香室，一間臥房，兩房之間夾著衛浴。好在有廚房，她喜歡給自己下廚，中午她喜歡吃烏龍麵加醬油，醬油裡被陽光曬過的鹹甘氣味，提醒著她心中還有陽光。

北北每天都穿著黑色連身褲。那件連身褲的釦子從領子到褲襠，她一個個解開，上衣先翻下，然後才能拉下褲子。她穿上時會想起安毛茸茸的模樣，脫下時又會想起安已經不在了。她解釦解得很慢，想拉遠自己與馬桶的距離，離放鬆越遠越好，這是老天給她的懲罰。

調香室的木桌上零落著燒杯，裡頭有不同的香水成色，血紅、樹皮、琥珀、枯葉、茶色。她把燒杯攏聚，抽出斜放的滴管，一手拎兩個燒杯，走到陽台。洗燒杯是她出門前要做的事情，北北想起媽媽三天兩頭就要洗衣服，明明可以送洗，但她偏偏喜歡自己洗，用雙手觸碰衣料，毛呢、真絲、亞麻，好似透過觸摸的動作與布料對話。她把沙拉脫淋上燒杯，浸泡溫水，玫瑰醬，桂花油，氣味又一一浮起，刷洗杯緣，香材比例過高時會有膏狀油脂黏杯嘴，菸草，苔蘚，她哼著氣味，只有她才聞得見的樂譜，燒杯碰撞發出噹噹的聲音。

動作有時會突然暫停，她動也不動，彷彿身體的邊緣延伸至每一個燒杯，她一動便會碎，只能暫時從上方看自己——一個短髮，穿著黑色連身褲的三十一歲女子，正站在水槽前洗燒杯。她也同時想起了過去的家，在安之前，她的老家。修剪整齊的樹叢，環形車道，媽媽還有電視劇裡會出現的那種大更衣室，鑲珠鑽的高跟鞋，打著領巾的小牛皮包，白蕾絲洋裝，各種場合戴的帽子和手套。有些香民會一個月跟她買一瓶香水，她完全能理解，不過像是媽媽買衣服那樣。只不過香水是隱形的。

自從安走了以後，她不再買衣服，不再逛網拍。她對繽紛失去興趣，黑色是一切。她覺得黑色不能算是顏色，而是概念，因為沒有任何黑色的物體是全黑的，即使她身上這件黑絲綢做成的連身褲，籠罩在最深的陰影中，仍會反射回少許光子。

真要說黑是什麼顏色，那應該是白色。

她去地下室牽車，腳踏車是白色的。沿著大馬路騎，現在是秋天，一路上會聽見風的呼嘯，樹葉掉落的聲音，還會聞到桂花香。桂花放在秋天的位置真是老天的才華。

等紅綠燈的時候，她會扯一扯路邊的野草讓自己有事情做。最近她喜歡扯的是一種長長像是狼尾巴的草，在陽光照射下，有一種淺紫帶銀的顏色。順著毛摸下去，莖皮的蠟質會黏在手上。她摸到底便順勢扯下來搔搔鼻子，倒著摸會透出綠色的草莖。

這陣子她只要不做事，一個人空閒著，會突然覺得癱軟，找不到可以使力的位置。憂鬱的感覺通常在起床後出現，隨著陽光越烈，而越來越強，甚至到了一種絕望，要變了一個人的狀態。出不了門，只能在氣味裡感受其他人理想的生活是什麼樣子。她想像的畫面是一人一獸在花園裡散步，裸露的肩膀上有陽光，有對話，草地上有藍星花開。

「是有發生什麼事嗎？」康老師每次都這樣問。她只說了小時候養的第一隻貓，那是隻金吉拉，叫做凱蒂。每次打開門，凱蒂就想逃。

北北還沒有跟康老師說到紅毛猩猩安的事情，這次或許也不會說到。她每週五去找康老師一次，康老師不太說話，像是一面湖，偶爾想冒泡時才嗶嗶啵啵，鼻子裡好像有道細細的聲音發出嗯嗯。一開始面對這樣的空白，北北有點不知所措，以為康老師對她所說的事情不感興趣。去了幾次後，北北漸漸可以在這樣的空白裡放鬆，好像不用做什麼事情，不用說話，兩人的關係便可以成立。

他們的話題都是動物，從金吉拉凱蒂，到後來養的兩隻貴賓狗，娜娜，尼尼，康老師很認真記起動物的名字。

「你有沒有想過，為什麼比起人，你更喜歡動物？」康老師有次這樣問。

「嗯，」北北沉默很久說。「動物很真呀，人常常不知道在想什麼。」

「動物比人通透的意思嗎？」康老師喜歡這樣核對她心裡的意思，確認這樣是你想說的嗎？核對，確認，反覆修正。這些看似公式化的動作，一說出來，讓人有一種被愛著的感覺，北北對此感到溫暖和驚奇。

康老師也早已核對過，北北在這裡，只想被稱作東東。所以每次談話結束時，康老師要她簽名，她簽上東東時，康老師也沒糾正。

她這陣子調的香水都是關於醬油，這是安以前最喜歡的味道。一聞到陽光曬過的鮮鹹，帶著酯類花香，安會把頭抵在北北的腿根，謝謝她給了他一個家。

安調過好幾支醬油習作，最完美的那瓶是「醬油狂奔」。北北記得他調配時的樣子。那時安站在椅子上，毛茸茸的雙手抱起一大罐玫瑰原精，接著一整桶倒進燒杯裡，毫不猶豫。他想要花香暴力，沒有前戲，最後的結果居然很好。花安穩地在心調綻放，沒有傾壓前調原子筆的硬筆墨香，也沒讓底調醬油變得太過妖嬈。當北北說，再調一次，他重複動作，再倒一次，然而怎麼也不一樣，只能找回60％的狂野。她很沮喪，把香水直接沖進水槽。

安調的醬油香水沒有文法，香氣像是瀑布流瀉，一股腦衝出來，沒有石頭作為阻力，讓氣味流出規律的形狀。北北喜歡這樣的狂野即興，有一種說走就走的感覺。

「所以你家裡有一個調香室，很多燒杯滴管可以調香水？」康老師很晚才知道北北是調香師。

「嗯呀。」北北說，心想最好康老師沒有先上網搜過她，康老師這樣問是為了他自己，他想要慢慢說到這裡。

康老師不算太老，也不太帥，頭髮灰白，大概是北北父親的年紀。瘦瘦高高，常穿灰色襯衫，配米色燈籠褲。她有時會懷疑自己的決定，為什麼是找他談了這麼久，如果是個女人，或許會更親切，也或許會更懂她。他們談話的地方是個小房間，兩張椅子之間夾著小桌子，桌上放著面紙，牆上掛著一幅風景畫，森林裡有小木屋。北北坐在離門最遠的位置，她如果稍微坐側一點，還看得見面紙盒的背面，有個桌上型小時鐘，滴滴答答面對著康老師。

前半年，北北在康老師面前像是個乖學生，提早十分鐘坐在等候區的沙發上，雙手放在膝蓋上，看著時鐘。時間一到，她報告著這一週發生的瑣事，有時候還會被自己的話噎到，不得不停下來。

「你是不是覺得，來這裡就是要抱怨生活的？」康老師在北北停下來時說。

她才知道，原來在康老師心中，她有一個更好的樣子。讓談話裡的情緒不只是乾燥又瑣碎的抱怨，發生什麼開心事也可以聊，甚至是當季綻放的野花名字。雨後的蔥長出小白花，叫做蔥蓮，康老師你有沒有看過？類似這樣。可是她又會覺得，如果這麼快樂，為何要來？如果她分享喜悅，康老師被療癒了，那應該是康老師要給她錢。

「康老師，如果我遲到了，或是沒有來，你應該要替我感到開心。」她突然這樣說。她知道真實的自己是帶著破壞力的。

康老師露出一個居然的表情。他似乎很喜歡這樣的悖論。北北沒來，康老師理應因枯等而感到生氣，但因為她做自己而不來，並且依照初次會談的規定，她不來還是得照樣付錢，他有什麼理由不感到開心？

「我一直沒跟你說，之前呀，哎，可能兩年了吧。」北北終於聊到了安。「我殺了一隻紅毛猩猩。嗯，這麼說你可能會嚇到，他比我還厲害，是調香天才。」

「嗯、嗯。」康老師又從鼻子裡發出聲音，一點沒有驚訝的表情，還把桌上的面紙盒往前推。北北才不需要，她知道自己不會輕易哭，而且問題不是眼睛，是鼻子。

「有次我們去爬山，突然之間，他跳起來，準備咬我，我才不得不拿出靴子裡的刀。」北北繼續說。「有人傷害你，能不報復嗎？」

北北拿出包包裡面，那瓶安調配的「醬油狂奔」，香水習作都是密封在一個扁圓瓶裡，白色的標籤貼寫著名字。她按壓那金色的噴頭，噴嘴吐出水霧，整個房間裡氣味湧動，原子筆、五月玫瑰、醬油。北北聞到什麼就唸出香氣的名稱。她不斷稱讚，安真的是個調香奇才，本來覺得這樣整瓶玫瑰倒下去，怎麼可能成，但你聞，玫瑰只在心調綻放，剛剛好在玫瑰最適合的位置，神奇吧。

「要不是有他，我也很難得到ＡＯＡ的。現在我的香水會賣錢，還有人知道，也都多虧了安。」北北說。「他不在身邊，真的很寂寞。」

她每天除了包貨出貨，做的事情是等待，看信箱有沒有人寄信來，不斷重新整理email、社群網站。她習慣回應別人的需要，唯有透過回應，她才感覺自己存在。

「你很喜歡他囉？」康老師問。廢話，這不是廢話嗎？康老師只會問這種白癡的話，不評論香水也不顯露一絲情緒，像是結凍的湖面，什麼也映不出。

「你不會害怕嗎？我可是殺了猩猩呢，如果他是人我早就被抓去關了。」北北說。

「我應該感到害怕嗎？」康老師這樣回問。

「你真的很煩，為什麼從來不打開天窗說話。」北北第一次對康老師生氣。「你跟我聊這麼久，你覺得有理解我嗎？」

康老師停頓一下，每次他露出這樣的表情，都意味著要把感覺拋回去。「你覺得你有被理解嗎？」他說。又來，真的很專業呢。

她感覺康老師說的話，比較像是觀察心得，像是她常常在灌木叢裡聽見小彎嘴畫眉，她也會記錄這隻鳥的聲音，登——等等——登，她會錄音下來，寫下筆記。鳥會因此而感到被理解嗎？

她並沒有感到被康老師理解，那為什麼還來呢？她偷瞄時鐘，還有五分鐘就要結束，她把雙手叉在胸口，一句話也不想再說。直到簽名時，她簽下北北，北寫完的時候，她看了下康老師，康老師淡淡一笑，她才繼續寫了另一個北。

說出來就好，北北並不可怕。康老師開門時，她好像聽見康老師的潛意識話語。

騎腳踏車回家的路上，她踩得很快，加速，轉彎的時候又放得極慢，不使力，任輪胎自行旋轉。事發後她第一次找到這種可以控制的感覺。切換速度。如同香水活在時間裡，這也意味著香水擁有多重的時間，可以切換於不同速度之間。她想起了安，這陣子她調得慢，幾乎暫停，缺少安那狂野的流速。

從來沒有人跟她說，調香可以不用寫配方，可以玫瑰原精一整桶倒進去。實驗看看，不喜歡就倒掉，真的是太奢華了。是安，才讓北北學會可以在燒杯裡解放，偶爾浪費一下也沒關係。

手腕上的「醬油狂奔」，隨著汗水和體溫，不斷變化。這氣味已經盤據她的心思，她拆解香水，理解香材與香材之間的關係，對她來說也是一種香氣。心調玫瑰，底調醬油，這樣的次序性好像是說，有媽媽才有家。一個家，一個散發著玫瑰香氣的女人，替孩子煮烏龍麵，最後才淋上醬油。

她承認，安喚醒了生命最深處的騷動，可以說那是一種野性的韻律，她為之著迷。不過她也知道，香水是關於如何把香材擺放在最佳位置，讓植物與植物之間建立關係。整體表現得超過個體的加總，調香師的工作看起來可以一人完成，但其實做的事情像是指揮家，要讓樂團能和諧發聲。安有時太瘋狂了，打亂了燒杯裡絲滑的連續性，他想加玫瑰便倒入一整桶，那玫瑰剛好只出現在心調，那不過是隨機出現的幸運。

安是一隻會調香的紅毛猩猩，這如果跟其他人說應該會被笑死吧，以為她在做夢。不過，比起人類，北北還覺得與這隻紅毛猩猩更親密，他們都懂香水，不需要說太多，一聞就懂。

北北從安身上辨認出自己的人形，甚至有幾秒還因為自己身上無毛而感到羞恥，她嚮往安這樣全身毛茸茸，可愛得要命，不用一直買衣服。安的形象在北北心底揮之不去，調香室裡有一人一獸，安穿著棉褲，認真實驗香水。北北才是指揮家，她給了安一個家，安要乖，可以狂野但不能要人命，這樣她才能真正駕馭精準和即興的關係。

北北想念安的時候，她會調醬油主題的香水。當她坐在調香桌前，把燒杯、滴管、漏斗聚攏在桌子的中心，她會閉上眼睛祈禱，感謝偉大的創造之靈，帶她來到此處，創作出美善的作品。

她的滴管有著白色的乳膠帽，用大拇指和食指一捏，便可以吸取液體，滴管上還有刻度，每條細線是0.1 ml，每五條細線會變成粗線。安也有屬於他的滴管，乳膠帽是紅色的，滴管上沒有刻度，那時候買了一整捆，破的破，碎的碎，剩下幾個被收在櫃子深處的木箱裡。北北已經很久沒打開，安的棉褲也收在裡面。

調香師的功力往往表現在那極小比例的控制上。她小心吸取硬筆墨原精，上升到一格細線就鬆開手指，剛剛好的0.1 ml。安走了之後，她的配方出現即興的額度。硬筆墨以外的香材她憑著感覺加，玫瑰亂倒，醬油也是滴管伸進去，隨興吸取，加入燒杯。

燒杯投影出的畫面是安和一隻母猩猩，手搭在肩膀上快樂繞圈。那畫面真令人難受，她像是全心全意照顧小獸的媽媽，看著小獸找到他的同類，歡欣鼓舞的模樣。安居然還為了北北素未謀面的母猩猩哭了，比跟北北相處更感動。

她應該替他感到開心的。應該。北北想起第一次看見安的樣子，那也不過是三年前的冬天，台北的冬天又冷又潮濕，北北還在搬著除濕機的水箱往馬桶倒時，聽見有人砰砰砰地敲擊著門。是誰？她問。沒有聲音，只有一聲那種小動物被欺負時發出的哀鳴。北北愛動物愛得比自己還深，她毫不猶豫打開門，看到一隻紅毛猩猩雙手抱著肚子，倒了下去。

北北抱不動他，只能拖著進門，成年紅毛猩猩的重量比她還重，她把他拖到沙發上躺好。

「我是北北，沒事。我去煮東西給你吃。」她還對他自我介紹。結果他發出了un、un、un的聲音，不知所以，一個母音配一個子音，聽起來像有母音的嗯，大概就是安了吧。他也在對她自我介紹。

熱水煮沸，丟入烏龍麵，夾入碗裡，淋上醬油。這是安遇見北北的第一餐，鹹甘的香氣在他們之間環繞。安不會用筷子，當然，他只是發瘋似地把麵條塞進嘴裡。抓到什麼就塞什麼，麵條抓完，他開始抓沙發上的毯子。直到他終於看起來吃飽玩夠，咧嘴露齒，把雙唇微微噘起。北北對他的表情著迷，有種毫不掩飾的原始。

安揚起眉毛，垂手走動。發現北北的桌子上擺滿各種香材。他隨手拿了一瓶，記得是樺木焦油，那簡直是煙燻鮭魚的味道，安的臉皺成一團，嘴角歪一邊表達好噁。北北覺得有趣，這反應好像小嬰兒。她主動拿一瓶更難聞的，像是蝦子殼的蛇麻草，結果安雙唇外翻，擺出一副哭臉。

「你們之間會有這樣的結果，好像也很自然。」康老師這樣說。

「喔，是嗎？」北北吃驚反問。

「感覺安很有天份，你又愛又嫉妒他的成長。」康老師說。

康老師在一年前不會這樣說話，總是很小心謹慎他的措辭，會問北北希望他怎麼稱呼她，她說東東，康老師也都叫她東東哪，你今天感覺怎麼樣，怎樣怎樣的。有時候北北聊到她喜歡的電影，說你應該去看看，康老師還會拿起筆抄著電影名，好像晚點真的會找來看。但現在，他居然覺得可以想到什麼就講什麼，這面湖反應她的一切。

「康老師，我老實跟你說，我們談這麼久了，現在我才發現你就三種功能：沉默、重複我說的話，還有挑釁。」北北向後躺，背脊貼緊沙發靠背和坐墊的夾縫深處，拉開一點距離。

「我感覺不太舒服。」康老師這樣回。

「你這樣說，好像我要照顧你的情緒。難道你的所有感覺，都是我造成的？」北北雙手交叉在胸前，手是她的盾牌。

他們沉默很久，北北無聊到數著秒針，或是數牆上那幅畫有幾棵樹，樹上有幾片葉子，當她開始數自己的脈搏時，康老師說：「我們的時間到了。」

北北這次掏錢掏得很慢，她覺得康老師這職業真好，隨便說話還可以賺錢。鈔票放到桌上，北北邊簽名邊說：「就是跟你們這些人類很難溝通，我才那麼愛動物的。」

康老師開門時，兩個人心底好像都在重複那句話：你們這些人類。你們這些人類。

外頭的陽光很大，好幾秒鐘她無法睜開眼睛。她幾乎是憑著直覺回家，騎到大馬路上，然後是直行，等五個紅燈後，再左彎就到。還好只要學會了腳踏車，便不太可能忘記。打檔打到最輕，踩一下，腳就自動繞好幾圈。心臟怦怦狂跳，跳到像是叢林電子樂那樣快，一分鐘一百八十下，她如果不趕快衝回廚房，煮個烏龍麵，淋上醬油，她會昏倒死掉。

北北在廚房的櫃子裡找到一瓶裸醬，那應該是全台灣最貴的醬油，之前想要在安的生日時送給他的。包裝很像清酒，木盒裝，手工紙印著裸醬製作的工序和師父的用印。柴燒古法，黑豆濃度超高，香氣飽滿，尾韻綿長。她拆開，聞了一下，那鹹甘鹹甘的味道竄進鼻腔。意識回來的時候，她發現自己像是安那樣，咧嘴露齒，捶打胸脯。

不可思議。她驚奇自己身上的變化，安一直在她心底，沒想到用這樣的方式再現生命。

第一次到康老師的諮商室時，北北感覺康老師是個有愛心的人。他的愛心是那種會照顧流浪小動物的愛心，像是她照顧安那樣，她心底也希望有個人能照顧她內心的小動物。北北不信宗教，然而諮商對她來說，有點像是花錢贖罪，像是心情不好時，她也會捐錢給一些社福機構，累積善緣，好轉換心情。

她記得有次坐在等候區的沙發上時，一個老伯伯坐在她旁邊問：「年紀輕輕，來這裡呀。」北北側身，沒有回他，只是鼻子發出嗯嗯的聲音。

「睡不著吼？」老伯伯繼續。「想不開啦。附近有廟可以拜拜，還不用錢。」他遞給了她一本《妙法蓮華經》，上面用書法字寫著：「觀世音菩薩普門品」。

北北沒有拒絕，只是換到角落的椅子坐。還好時間到了，康老師說：「我們可以開始了。」

康老師問剛剛那你朋友？北北說才不是。也說到老伯伯建議她去廟裡拜拜，多唸經。

「通常都是這樣，如果聽個案講話，覺得很有趣，那他的確可以到廟裡拜拜唸經就好。如果令人想睡覺，比較適合來這裡。」康老師說得很正經。

「那我適合來這裡嗎？」北北反問。

「我剛剛那樣講不太對，你還是可以去拜拜呀，這兩個沒有衝突。也沒有什麼適不適合啦，都是一個認識相處的過程。」康老師眉毛微笑出一個彎。

「即使我唸經……」北北翻著《普門品》，她沒說完，她想說的是，信仰像是電腦直接導入iOS系統，很方便呀，速成三觀。但她不喜歡方便，會讓她覺得自己像個無法思考的白癡。

她需要的是信仰，不是宗教。宗教包含的哲學和儀式，她都有，關於自己的調香哲學，可以跟別人說上三天三夜。儀式呢，每天她清洗燒杯，浸泡酊劑，實驗香材拼配，下午會到花園散步。現在入冬，台灣油點草的紫紅喇叭小花匍匐水面，像是豹紋小蘭花，她會把它因碰水而亮晶晶的葉片扶起，嗅聞那淡粉的香氣。這是她的線香，她的儀式。

她的哲學和儀式與所謂宗教的差別，或許是關於神的形象，她心中並沒有一個神的形象。耶穌也好，觀世音也罷，那是天地嗎？不過說天也不對，地也很抽象，沒有神，沒有我，那到底是什麼？搞不清，來問看看佛洛依德的門徒，才來這裡。每週一次，上香奉獻，捐款佈施，直到她找到可以思考的支點。於是她會清醒，像是酊劑終於過濾，成為下一瓶香水的基底。她會變得如檀香般地沉，充滿吸附力，讓纖弱跳躍的花魂接地。即便根部被毒蛇盤據，也不會停止送出奶油般的木質香氣。不垢不淨，不憂不懼，她將會理解世界是毒液與花蜜的共存，她的使命是成為巫，散發自己的靈氣。

靈。字是這樣寫的，頂頭是雨，中間三個口，下面是巫。她會仰頭，看天下雨，用自己的方式讓安回來。

自從她意識到身體裡有安時，不再穿那釦子超多的黑色連身褲，喜歡穿中式圓領的棕色襯衫，配牛仔褲。等紅綠燈的時候，她還是會把玩狼尾草，看陽光下那些柔毛折射出的紫紅帶銀，順著毛摸過去，當莖的蠟質沾滿手指，她使力扯下來，然後插到牛仔褲的口袋。騎太快的時候，狼尾草會掉下來，她想回頭去撿，不過車陣急躁，逆向回去有點危險，她跟自己說，再採就有，然後繼續騎到康老師的諮商室。

她很驚訝在與康老師一次又一次的談話下，心裡的安居然逐漸浮起。不過只有她自己知道，她是在擁有野獸的心靈中，努力維持人形。

調香師一直以來做的事情，不過是在消散但尚未消散前，維持燒杯裡的張力。她的心也如此，一直感覺快要墜落，卻從不墜落。

跟康老師的談話對她來說，像是說出來的香水，把所有事情放在時間的框架裡考慮。每次她有了新的想法，新的情緒，康老師都會突然問：「這是從什麼時候開始的？」好像追問開頭和結尾會得到某種意義，當下是心調，他想知道前中後的三調變化。

一週一次，從第一次到現在她也和康老師聊了五十幾次，她從未與任何人類有過這樣固定頻率又長時間的關係。這份諮商關係是很特殊的存在，可以這樣聊一年多，她還從沒遲到過，維持驕傲的精準。

她聊到喜歡安的原因，喜歡他把自己丟入比自身更大的複雜性裡，奮不顧身。

康老師輕輕地點頭，一直以來他聽她說話時都這樣，只是聽而已，讓她自我整理。她看不透他這面湖，這湖的深處似乎有神祕的愛意，才讓她一而再再而三地前來。

這次，她再度帶香水來諮商室，拿出一瓶瓶安調的習作給康老師聞，像是個孩子拿出心愛的玩具，康老師也沒阻止，任她分享。

「這瓶失敗的原因是氣味和氣味沒有連接在一起，一坨又一坨，你聞，是分開的吧。」北北把香水噴在試香紙，在他們之間的空氣裡揮。康老師拿了過去，閉起眼感受。

「如果用音樂術語來說，這瓶香水就是過橋很失敗。前中後沒有混音。」北北像個書呆子分享著所有關於香水的知識。

「不過這瓶是神蹟，你聞你聞，我先不說，不然你會被我的話語影響。」北北繼續噴。噴出來的液體是琥珀色，在粗糙的棉紙上生長出一條線。她邊聞邊默唸，硬筆墨開場，心調是大馬士革玫瑰，帶著辛辣胡椒的花香，一路狂飆到底調的醬油。

「我們這次的談話，跟上次好像也沒有混音。你想不想談談你上次說的？」康老師把試香紙放在桌上。

「我忘記上次說了什麼。」她騙他，北北記得上次康老師說她又愛又嫉妒安的成長。

她沉默了很久，無聊到開始抖腳上的室內拖，空氣裡是「醬油狂奔」的尾韻，棕色的鹹甘香氣和淡淡的玫瑰香氣。她又看見了那個畫面，安和一隻母猩猩正在搭著彼此的肩膀旋轉，安好開心，母猩猩也好開心，她像個媽媽正在經歷被孩子拋棄。

「安怎麼可以跟一隻母猩猩在一起比跟我還開心。」北北說了出來，也把那個畫面說了出來。

「你對安的愛混合著佔有慾。」康老師說。

「愛」是北北現在最討厭聽到的字。她後悔的不是殺了安，而是對安還沒足夠認識，她想不到安居然會比愛北北更愛一隻母猩猩。

他們之間的關係應是獨一無二，無可取代，像是某一種香水。安。北北。安。北北。安。北北。安。安安。北北。安。安安。北北。安安安安安安安安。北北。她忍不住哼了起來。關係是旋律，安是做人的香，北北是做香的人。

北北不敢說，她有時候會想像安四肢著地，狂奔到二樓，把正在床上看書的她壓到欄杆上，翻到背面，脫去她的內褲，用力地進入。他會發出愉快的低吼，她會喘氣，看著他毛茸茸的粗壯大腿，她要的是真正意義上的人獸交融。

她總是在香水裡發脾氣，用氣味告訴香民要放膽做自己，香水在當代不是用來外出討好，而是在休息和重生之間釋放自己。她說了那麼多，卻對於表達自己的慾望十分羞赧。她渴望的，總是說不出口，偶爾在夢裡，感官才會得到徹底的解放，膽敢說想要。

北北渴望變成一隻獸。獸死了，她卻一直把獸放在心中，如此便再也不用承受失去獸的苦楚。

就像媽媽在她心中也早死了，她還一直把媽媽放在心中，如果她無法轉化獸與媽媽帶給她的種種，她只能成為這些死去的東西，像是用肉身轉化腐爛的香氣。而現在她最想要做的，是成為安，她渴望披滿流蘇似地紅棕色毛髮，四肢著地。

那天是滿月，她睡不著，索性拉開窗簾，躺在調香室的木桌旁看著天上的月亮。她的左側是收著安遺物的櫃子，右側放著一瓶瓶調好的錐形瓶，裡頭是正在陳化的香水。為了打發時間，她拿起其中一罐樹皮色的把玩。鼻尖抵在玻璃上，觀賞裡頭那些懸浮的微粒，月光下，那粒子漂浮得十分自由，各自靠近又別轉。尚未過濾的香水總有一種粗獷原始的感覺，香材正在對話，前中後正在交疊。

最厲害的香材，只有擺在正確的位置，才能顯其厲害。而什麼是正確呢？轉開瓶塞，那是她的「醬油狂奔」，玫瑰出現在底調，這是她覺得更好的位置。

北北加的時候是依照這樣的順序：原子筆—醬油—玫瑰花。安的心調底調則是顛倒，原子筆—玫瑰花—醬油，還記得原子筆是北北叫他加的，細細的硬筆墨作為前調，很適合勾引人繼續聞。文化氣息囉，懂嗎？她還記得曾經這樣笑他。氣味分子在燒杯裡碰撞，先加的影響後來加的，後來加的也改變先前加的。於是安調的「醬油狂奔」是慢慢陷落，北北的則是緩緩開花。

回憶閃現。北北站起，把櫃子裡屬於安的紙箱拉了出來。灰色棉褲、幾十瓶香水習作、吃烏龍麵的塑膠碗、幾乎沒用過的木筷、一張非洲鼓聲的田野錄音CD。還有一個透明罐子裡，是安的褐色毛髮。紅毛猩猩不用剪頭髮，天冷便會掉毛重長。她也想像過要安坐好，在他的脖子圍一圈斗篷，她會拿一把剪刀，替他剪毛。

掉下來一張紙，那是安用蠟筆畫的塗鴉，上面都是灰塵，北北拍了拍。安喜歡蠟筆，不用調色，也不用像油畫要等乾，一畫下去便固定。那張畫是一個透視的家，樓上有床，有一個小窗可以看見天上的星星和月亮，樓下他畫著一個綁馬尾的女人和一隻紅毛猩猩，棕色蠟筆勾勒著他的褐色毛髮，蓋住眼口，只有露出鼻子。他們手牽手，地上有許多碎掉的燒杯。

安的畫有一種近乎語言的感受，說著他對融入人類社會的渴望。把紙靠近鼻尖，北北嗅聞著那油感的石蠟、麝香感的水彩紙，那氣味好淡好淡，卻讓她眼眶裡有淚水在兜轉。

下一次去找康老師的時候，她依舊在路上把玩著狼尾草，不知道是不是越來越冷的關係，她發現狼尾草的紫紅柔毛外，裹著一圈銀色的長毛。扯的時候還有點卡，得更用力才能扯下，莖的蠟液滲入手掌的紅紋。

她把狼尾草插在牛仔褲的口袋，一路上都是綠燈，她直線狂飆，速度快到背開始出汗。身上的香水，圍繞著玫瑰的中心，在陽光下，由內向外旋轉出醬油的香氣。她感到十分自由，好像某些邊界正在交融。

「我好像明白一件事，那內耗的感覺是來自，我想要又不能要。」她看見康老師時，完全鬆下了防備，用一種脆弱到幾乎要哭泣的口氣說。康老師輕輕點著頭，像是看見什麼。

看見她的慾望。接受她的慾望。這是北北最深的渴望。她一直渴望被愛但又十分害怕，逃回床上，或是熟悉的香水裡才覺得安心。她很獨立，自己照顧自己，其實是在拒絕任何形式的關心。康老師要她做自己，她可以在他人面前勇敢做自己，即使她心底早已把康老師摧毀了無數次，她也知道，在這個空間，他會接住她，不會評判任何事情。

時間滴答，北北抖著室內拖，順手摸摸口袋，她發現狼尾草還沒掉。這讓她有點興奮，好像摸著安身上的柔毛。

「感覺你現在不太一樣，比較……」康老師的雙手在空氣裡畫一個人形，北北想，應是情緒不再像是浸了水的牛仔褲，更為透氣輕盈的意思。

輕盈。北北想起安死前的那一幕。安躺在山頂，毛茸茸的手握著她的腳踝，一手不斷捶打胸口，指指陽光，指指自己。好像是在說，傷口雖然好痛，光灑下時卻有一種昇華的感受，像是打開了一個縫隙，讓光流進身體。

「我常常感覺安還活著。」北北身體前傾，雙手垂地。她身上的「醬油狂奔」已經走到了中後調，玫瑰快要散去，甕底醬油香正在浮起。手、腳、鼻的關係正在轉變，北北喬著牛仔褲，確認後方口袋裡狼尾草的位置。香水本質是褪去衣物，從有到無，過渡到如野獸般裸露。

康老師在等待，等她繼續說完，或者是說他不想介入太多。當醬油的香氣擴散至整個房間，幾乎要薰到畫裡的樹時，北北把室內拖套在手上，四肢著地爬了出去。

03

末日花園

The Last Bloom

實驗室的日光燈閃爍，發出刺眼的光芒。谷玲走進去時，水泥天花板不斷在滴水。她按掉生理訊號監測器的蜂鳴聲，眼前巨型綠色鐵籠上下交疊。籠裡是一隻隻紅毛猩猩。只有一個籠子的門是敞開的，裡面有幾片發皺的紫蘇葉，她的鼻子湊了過去，閉眼，嗅聞紫蘇的香氣。

谷玲告訴所有人——不對，這實驗室除了她也只有另一個博士生政吉——她說安離開了，走之前才剛幫他洗澡。

半身浸泡在水槽，掀開紅棕色長毛，抹上肥皂，然後用小蓮蓬頭沖洗。全身擦乾淨，頭毛，背，臀部，胸口，也包括他的生殖器。

「應該不到半小時吧。」政吉說。谷玲說不到，只是她說的不是洗澡，而是離開。

「我們要打給老師嗎？」政吉撥著電話號碼，他每次都像個正義魔人，發生什麼事情要馬上通報。「反正現在實驗室沒錢，少一隻更好。」谷玲搶過電話。

他們站在實驗室前的門廊抽菸。長廊上的燈亮了幾秒，門牌上的字一清二楚，靈長類動物研究醫學實驗室，然後又暗了下來。菸圈忽兜忽散，猩猩走了，而他們還得待在這裡。這實驗室遇過太多事情了，太多事情都無能為力。

身為一個腦神經科學家，谷玲支持人腦即是嗅覺腦的說法。脊椎動物的神經結構是這樣的，前腦負責嗅覺，中腦視覺聽覺，後腦運動。已經有足夠的研究指出，前腦長出的嗅球，演化成人類的大腦。嗅覺才無形中影響了喜惡、記憶與識別，牽引了無數人類的決策。

理解人如何用氣味感知世界，最直接的方式是研究靈長類，演化上與人類最接近。不過谷玲拒絕做任何殘忍實驗，她的題目很輕，關於氣味如何治癒分離。聽起來比起腦神經科學，更像是心理學，很多無法驗證的理論，這也是她一直還沒畢業的原因。她一直沒跟老闆說，這題目背後，她最好奇的事情是，氣味是怎麼被學習的？

三十八歲了，她邊抽菸邊想，都快四十，她一直在等這件事發生。不是婚姻，也不是畢業，她希望安可以好好欣賞天空，然後快速離開。她給了安一個地址，幸運的話，那人會收留他。如果如果，沒有迷路，或是因為挨餓而昏厥，安會遇到那人。她可以確定，那人很溫柔，也跟安一樣擁有氣味的天賦。她一直覺得，正因為猩猩和人類那麼相近，所以值得同樣的疼惜。

她覺得動物實驗，一直以來，都是在證明已經知道的事情，只是透過靈長類實驗來完整論述的過程。當哈洛博士把母猴子綁在「強暴架」上，任公猴進入，最後看母猴把幼猴的頭壓在地上，搓來搓去，人們觀賞變態的母嬰關係，邊說殘忍又看得開心。

安來自婆羅洲的叢林，跟著其他兩隻紅毛猩猩走私進台灣。婆羅洲猩猩，靈長目、人科、猩猩屬，體毛長而稀，以水果為食，無花果、紅毛丹、蜂蜜、鳥蛋、樹皮、嫩芽。因動作緩慢，容易成為獵人的目標。因為動作太慢？也有可能是過於善良，與其逃，不如向命運臣服。因此，婆羅洲猩猩在瀕危物種名錄中，屬於極危等級。

十年前安還是幼年猩猩時，被抓進實驗室。這個實驗室比起哈洛博士的「強暴架」或是「絕望之井」，還算人道。由博士生親自洗澡，餵養，要記錄的是分離多久，紅毛猩猩心中的媽媽才會永遠死去，進入不可逆的階段，像是一棵樹的根被永遠剷平。

實驗分成兩組，一組使用鋰鹽作為情緒穩定劑，一組使用氣味自然療法，組內的猩猩分別分離一、三、五小時。實驗對比兩種療法下，猩猩與親密照顧者分離後，對於藥物和氣味的依賴和反應，並比較療法之間的差異。

安是氣味自然療法組中，分離最久的那隻猩猩。卻也是最有生命力的那隻。分離切割了時間，生命出現斷裂面。那種突然空掉的感受，像是世界在退後，熱烈活著成為不可能。安為了避免這件事情發生，他開始蒐集葉片，紫蘇葉、月桂葉或是薜荔，拼湊出母親的形像。

氣味讓他連續。連續是他最深的渴望，而連續的極致是漂浮。谷玲教他用氣味漂浮。安等了五個小時，等到花都枯了，谷玲還是不回來。直到安已全然放棄，躲在籠子角落一動也不動哭泣，谷玲才進來。她從籠子裡抱出安，遞給他一小桶小天使牌鉛筆屑。安雙眼發亮，他摸著那疊蓬鬆小山，他想到從小生活的棕櫚林，伐木工人出現時，雪松的香氣隨風飄進他的鼻翼。他的鼻孔撐大，噴出熱氣，鋸齒形的鉛筆屑在空中旋轉，安又活了過來。

離開太久即是拋棄，進入虛空，沒有同伴，只有植物飄浮。塊莖。苔蘚鱗片。菌絲神經。蕾絲花傘。他開始喜歡這個空間，那是在大休息和重生之間，可以用氣味把每個感官都喚醒。

安會睡著，安會忘記，忘記以後，他會醒來，在籠子裡走動。多少個夜晚，多少次走動，已數不清了。他的注意力只在前面，在眼前擺滿水果和植物葉片的桌子上。每次他醒來都相信，谷玲會在那邊等他，適應他的需要。安從來沒有意識到十年已經過去。

一切不證自明。四．七億年前，脊椎動物的祖先甲冑魚，甲冑魚白天藏在沙子裡躲避天敵，唯有背上的第三眼可以觀察明暗，這也演化成後來人類的松果體。不過，身處深海幾乎是全盲，嗅覺成為唯一的依靠，這裡的海藻濕鹹，那裡的珊瑚礁有礦石香氣，海的氣味數據細微龐大，神經傳導速度不夠的大腦，只能進化，前腦伸出兩個尖端，發展出兔耳朵形狀的原始嗅球。隨著嗅球規模膨脹，兔耳朵形成獨立的腦區「端腦」。魚類也從早期單鼻孔進化成內外雙鼻孔，運動時，快速水流穿過前鼻孔，從後鼻孔流出。氣味刺激著嗅囊感受器，端腦持續膨脹，成為脊椎動物神經架構的主宰。

安的嗅覺能力，比同組的紅毛猩猩都來得優秀，幾乎是天才的程度。他還意識到左右鼻孔在同一時間有不同的流速，有所謂鼻週期。夜晚，實驗室一點光也沒有，當谷玲拿著紫蘇葉、香蕉皮和魚腥草，他流速快的鼻孔，很快挑出紫蘇葉，流速慢的鼻孔，挑出了香蕉皮和魚腥草。他搓揉葉片，用左右鼻孔輪流嗅吸。他是自己的瑜伽士，知曉控制鼻息，讓兩個鼻孔輪班工作。安的嗅覺把他留在了實驗室，讓他待在自己的煉獄中，人們對他越是好奇，他要記憶的氣味越多，籠子前的監視器也越發密集。

還好他會睡去，做夢的時候，安會忘記一切，而忘記之後，他會醒來，在籠子裡走動。所有東西都變得很淡，幾乎放縱給時間。

靈魂屈服於時間，生命是香水，在時間裡開出屬於他的末日花園。那印象深刻的紫蘇是開場，接著是白松香，鼠尾草，薰衣草，檀香。安的末日花園沒有花，只有荒煙蔓草，白松香裊裊，走在輕盈的木質裡很久，才發現廢墟裡有野草撲鼻。

當谷玲發現安蒐集葉片，一起搓揉，讓氣味混音時，簡直是驚呆了。實驗室裡曾有一隻玩心很重的紅毛猩猩，不喜歡的食物都會拿來擺盤，這些故事這般變形重複，都屬視覺的創意，只有安的存在是嗅覺的唯一。

清晨薄霧灑進實驗室窗戶時，谷玲把安抱起，安那毛茸茸的頭抵在她的胸口，幾秒鐘她感到世界只有一人一獸的親密。一拿出無花果沙拉，安睜開眼睛，在她的懷裡興奮掙扎，舌頭舔過上唇。他不說我愛，說我要，要吃，要照顧，毫不掩飾。

飽餐後，谷玲會消失，計時會開始。谷玲不敢透過監視器看著安如何傷心，都是政吉看著畫面，唸給她聽。分離一小時。他還可以自己玩，聞著蒐集的樹葉，一片又一片。第二小時，他開始發呆，從籠子裡是看不到窗外的天空的，他只能持續盯著桌面上的紫蘇葉片，等谷玲回來。

「學姐你看，他在幹嘛？」政吉靠近螢幕。粗顆粒構成的影像看不太清，放大，發現安用紫蘇葉蘸取百合球莖汁液，放入嘴裡吸吮，假裝喝醉。谷玲看看時間，她離開了五個半小時。

谷玲銜回實驗室把安從籠子裡抱起，撫摸著他那流蘇式的背側紅毛，別哭別哭，有我在。安抬頭，咧著大大的笑容，門牙縫還卡著碎掉的紫蘇葉。第五個半小時，只要谷玲回來，安還可以神奇復原。原諒她，媽媽活過來了。

安無法負擔的分離時間是一天，他會躺在籠子裡，身子一動也不動，模擬死亡。捶打胸口，狂吼，直到吼也沒用了，轉向低鳴的嗚咽，媽媽死了，媽媽不再回來。

過久的分離，消磨了再次結合的可能。安感到害怕，躲在角落聞著紫蘇葉瑟瑟發抖。不過他害怕的並不是死亡，而是再也無法嗅聞到世間萬物，那比死亡本身更難受。

想到這裡，安露齒大笑，胸口起伏，搓揉著他蒐集的所有葉片、果實和花瓣。他把那帶著汁液的花果葉向上拋，因為籠子很小，過了一秒所有東西便落下，安也不以為意，跟著他擰出的氣味旋轉，鼻孔起伏。玩累了，他漸漸睡去，做夢時，他忘記一切，世界歸零。天一亮，他又醒來，期盼著谷玲的到來。

沒有人活過四・二億年，可以回到有頜魚類出現的時間。不過所有文獻都是這樣說的，因為有了上下頜，口腔的出現使得前腦得以演化，並最終形成了端腦。端腦皮質有著深溝與突起，負責接收、處理、傳遞不同類型的感覺訊息。皮層底下的紋狀體負責批准運動，而意識也不過是在此匯聚的特殊感覺。

谷玲一直確信人類腦是嗅覺腦，那兔耳朵形狀的原始嗅球，後來演化成人類的整個大腦和一部分腦幹。谷玲不信神，她知道光是相信不夠，還需要數據。她得蒐集更多數據證明嗅覺腦本身，而安的存在本身即是證據。紅毛猩猩創作，選擇的不是畫筆，那不是來自於學習，而是他與生俱來的天性。

那天上班，谷玲依舊逼卡進門。日光燈亮，打開窗戶，風竄了進來吹落牆壁上貼著的海報。是張甲冑魚的線稿，畫風有盧梭的純真原始，她想不起來是誰買的，好像是老闆到巴黎開研討會，在舊書攤看到的。甲冑魚之於神經學家，好比塞尚之於現代繪畫的影響。甲冑魚出現了髓鞘，可以像是跳棋一樣快速傳遞訊息，偶鰭後來演化成高等陸生動物的四肢，演變至三・九億年前，肯氏魚出現了外鼻孔向內鼻孔的過渡狀態，直至兩棲動物內鼻孔成型，此後發展成雙鼻孔，提高了嗅覺的敏感，也讓鯊魚可以嗅出水裡1ppm的血腥味。

海報黏回白牆上時，谷玲也把監視器按下暫停。世界突然一片安靜，她要趁政吉還沒到實驗室的時候，打開籠子，在安的脖子上掛一條鏈子，裡面寫著那人的地址。安還不知道要發生什麼事，她看向時間，還有十五分鐘。

「安，你去找這個人，她是調香師，你要乖，跟她學習。你到了以後，我會打給她。」谷玲打開了電腦，叫出地圖還有了那人的照片。「記起來喔。」

「我們現在在森林和城市的邊境，你沿著鐵軌邊緣走，走進城市後，會看見一個很高很高像是塔的高樓，那是城市的最中心，附近都亮晶晶。你要遠離那一區，走到最骯髒的巷子裡，旁邊都是攤販，騎樓上還會爬著老鼠，然後那人家就快到了。找尋五月玫瑰和苔蘚的香氣，記得嗎？之前給你聞過她的香水。」

安淺褐色的一對眼睛看著谷玲，他們對視了好久，沉默裡隱隱有情緒在流動。

剩下五分鐘了。「記得這個臉。」谷玲點開資料夾。顴骨明顯，薄唇，小鳳眼，頭髮自然鬈。膚色很白。「這人叫北北，她很溫柔，以後帶著你好好學習。」

打開實驗室的門，谷玲把安放了出去。嘴形默唸著，要乖喔。

那是安十年來第一次看向天空，清晨的薄霧漫開來，像是灑滿金粉，安的雙眼發光，嘴巴張大，那是他從未見過的景色。

太遼闊了，比他與植物漂浮的空間，還更輕盈更自由。他四肢著地，跑了起來，第一次四肢可以這樣運動到極致。回頭時，看見谷玲向他揮手，他跑了回去，雙手抱著谷玲的腰部，頭抵著她的肚子磨蹭。

「快走吧。」她說。

安把腿毛上沾黏的鬼針草拔起來，送給谷玲。谷玲笑了起來，她想到了家裡養的貓，只是貓不像安這樣，會拍胸狂吼還擅長拼配香氣。陽光下，安的棕紅毛髮透著金光，他十二歲了，已經是一隻成年紅毛猩猩，可以自己照顧自己，建立家庭。

立冬過後，風開始轉涼，實驗室外頭是荒煙蔓草，芒草一片銀白，高過於人。臉頰冰涼，谷玲看著安逐漸消失成一個小點，搓著雙手，闔上了門，套上毛衣。

沿著鐵軌奔跑，安看著太陽越來越高，跑累了，便側身躺下。他的耳朵貼著冰冷的鐵條，況且況且，這是安第一次聽見火車的聲音。金屬和金屬的摩擦聲，鐵鏽的氣息，都讓他興奮地捶著胸。安聽了很久，他感覺自己的紅褐色毛髮，漸漸滲入軌道間的石頭縫。直到肚子開始咕嚕咕嚕叫，他才又繼續跑，跑到身體越來越輕盈。

安現在太自由了，那自由推到極致，反而太過模糊，沒有方向，令他慌張。

那個塔型的高樓很明顯，從遠處就會看見。他還發現越靠近那裡，人們穿的衣服越黑，絲襪是黑的，西裝外套是黑的，皮裙也是黑的，指甲油也是。他發現跟谷玲每天身上穿的實驗室白袍有很大差別。更多剪裁，更多裸露。氣味也是，五花八門，花騷茉莉、酸甜佛手柑或是煙燻皮革。幾乎每個人身上都有氣味，這讓安露出下排牙齒，發出咯咯的笑聲。

穀物、尿、水溝臭味的氣味也同時刺激著他，安循著老鼠的氣味走，陰暗潮濕的菜市場，亮晶晶的高樓旁有許多低矮的違章建築。拐進巷子，走入騎樓，許多人對著他拍照，也有小孩子對媽媽說：「猩猩！」然後學他，雙手垂地走路。

安走了這麼遠，已經很餓了，根本沒力氣回應這些路人，他甚至有點想搶過小孩手上的奶瓶狂喝。不過更重要的，是找到北北，北北會給他一個家。

每個調香師都有屬於自己的湯底，北北的湯底是苔蘚，只要在這垃圾臭味瀰漫的巷子裡，聞到那掉入花叢的黝綠，就是到了。

先是經過醫院，穿過那充滿消毒水和福馬林的慘白氣味後，才感覺快到了，可是他也餓到不行了。老社區的鐵門前有很長很長的樓梯，他爬得費力，管理員叫住了他，他裝作聽不懂人話，趁著有人要出來，推開門時，鑽進中庭花園。沿著苔蘚的氣味走，那味道他很熟悉，以前谷玲給他聞過，潮濕的果香氣息，每次聞完都有睡意從身體底部浮起，或許這是谷玲的用意，苔蘚是他的抱枕，他的奶瓶。

苔蘚和五月玫瑰的香氣在二樓更加濃烈，安用僅存的力氣，撞擊著門，砰砰砰，一次又一次。他確定裡面有人，正在走路，他發出哀鳴。

嗞嘎一聲，門打開了一個縫，北北探出頭來。她看起來比照片更清秀，靈動的小鳳眼，鼻子很尖，唇瓣很薄，綁著馬尾，露出耳垂，圓潤的珍珠在耳下搖晃。

北北盯著安的臉，再往下看著安的腿胯，毛茸茸的粗腿。這樣濃密的毛髮她不是沒看過，很多男人的腿都長這樣，只不過安的毛是紅褐色的，比較像歐洲人。安發出了像受傷的狗一樣的低鳴。終於到了，安已經沒力氣等了，放鬆倒下。北北把他拖了進來，一個女人要拖一隻成年猩猩可不是那麼容易的事情，而且還是紅毛猩猩。她深吸一口氣，用力，也顧不得溫柔，幾乎是有點粗暴地用力拉，關門上鎖。

接下來的事情安想不起來，確定的是，他吃了很多東西，特別是第一次的烏龍麵加醬油，驚喜著人類生活中的日常氣息。不過，當北北嗅聞安，汗水、灰塵、皮脂混雜在毛髮上，只聞到一股風塵僕僕的騷臭。

「來，我幫你洗澡。」北北拉著安，走進浴室。同時紮一束尤加利葉，倒懸在蓮蓬頭頸。

隨著熱氣氤氳，尤加利的清涼綠意瀰漫著浴室。北北把安的毛掀開，底部刷乾淨，從左到右，從上到下，她的氣味和刷背的方式和谷玲一樣俐落。安腰部以下浸泡在檜木桶裡，身上的紅褐色長毛因為浸了水，水滴混著泡泡不斷落下，胸部毛茸一片。啊。北北一個分心肥皂滑入檜木桶底部，她手伸進去摸了幾下，但怎麼搆也搆不到。

安也跟著翻找，一摸到沾溜觸感，肥皂因為溼滑又溜走，抓了幾次才撈起。那是顆乳白色的橄欖皂，皂的中心是綠色的。他把鼻子湊過去，聞到熟悉的香氣，紫蘇的綠意鮮明，那是在薄荷、羅勒、小茴香和金屬閃光之間遊走的氣味。蓮蓬頭是小小的不鏽鋼，水柱細緻，沖洗著安所有發癢的地方。

北北先出浴室，打開一條白色匹馬棉浴巾，等安起身，鑽進去。她把他全身擦乾淨，頭毛，背，臀部，胸口，也包括他的生殖器。然後遞給了他一條棉褲。安因為開心，轉圈了起來，打破了放在地上的油缽，裡面有北北調的按摩油。

「你看，我快三十歲了，眉毛一用力就會有抬頭紋。」北北用手蘸著地上打翻的油，對著鏡子抹。安蹲著，像是一隻毛茸茸的大狗，不知道她在說什麼。「算了，你也不懂啦。」

北北也如谷玲一樣理性精準，對動物懷著關心。她的形象漸漸覆蓋掉谷玲，安認她當母親。他們會一起洗澡，北北在一隻紅毛猩猩面前脫衣，也毫不在意。她告訴自己，他們之間，如果有慾望升起，那也不過是腦部的執迷。

安觀看北北的身體，那是他從未看過的女人的身體，畢竟谷玲從未在他面前脫衣。光溜溜的無毛身體，有許多尖銳處讓他好奇，耳垂，乳尖，腳趾，連陰戶也只有細細的毛，他貪婪地想看更多。他也注意到，北北口渴時，會伸出舌尖又快速捲回。舌頭原來可以這樣捲曲，難道語言也是這樣的發聲？安遺憾的，是他聽得懂人類的語言，不過當要說出口，那些字詞，在他的身體化為輕蔑的咋舌聲，或是噴噓、咳不出口的痰。

安早上記憶香材，下午練習分類。北北包貨，傍晚時會有灰色卡車停在巷子口，她會要他等一下，然後過了半小時後才回來。

等的時候，安又會感覺世界在退後。無法思考，全身鬆軟，只能一動也不動盯著門。他常常陷入等的慣性裡，忘記自己也可以帶自己出門。直到北北回來，外套上混著夕陽和汗水的氣息，他才又醒來。轉開動物頻道，而北北會煮飯，吃飽後他們會把東西收拾乾淨，欣賞大師經典的香水作品。一切又回歸平靜，半小時的分離沒什麼，還讓人更期待著結合，一起做些什麼事。

直到有次，北北摸著安頭上紅褐色的毛髮，他舒服地閉起眼睛時，北北說等等要下高雄看朋友的展覽，一個人。「安，你大手大腳，我怕把展覽搞得亂七八糟。」她穿上靴子。

怕。安睜眼微嗔。這是他最討厭聽到的字，人類總是這樣東怕西怕。我怕會傷了你，怕你會弄疼別人。

「等我一下喔，食物在這裡。」桌上滿滿的洋芋片、多力多滋還有一些小魚乾。安低著頭，噘著嘴，他不想自己吃。「還有這兩罐，你想加就淋上去，下面要放盤子喔，才不會到處都是。」北北拿出一罐醬油和莎莎醬。

門關得很大聲，空氣安靜，分離的經驗他很熟悉，時間沒有盡頭，不再有以前，也不再有以後。永遠不會熟練的，他只能試著自己跟自己玩，看能不能在這裡也找到末日花園的香氣。

北北的洗衣籃放在門旁，那疊成一堆，滿是皺摺的衣服，讓安想起從籠子看出去，只能看到實驗室白牆上的甲冑魚海報。他突然覺得有點喘不過氣，這次又要去多久？在這裡，他好像失去了漂浮的能力，只能發瘋地找尋紫蘇的香氣。

帶著滾輪的三層推車，裡面有一瓶又一瓶的棕色小罐子，散發著複雜的香氣，北北跟他說過，不要碰。安隱約在裡頭聞到冰涼的綠意，薄荷、紫蘇和一些雪的反光。他一瓶又一瓶翻找，味道不對他就丟在地上，有些碎成一地他也不害怕，反而更加興奮，因為這樣更好玩。

他感覺肉身一點一滴被喚醒，因為他在這裡，在找尋香氣。時間不再是枯等的消耗，反而是創作的累積。

他先是找到了快樂鼠尾草的香氣。氣味迷幻，速度很快，像是豔陽下即將蒸發的汗液，快樂鼠尾草讓他的靈魂離開身體。漂浮，漂浮是他最深的渴望，可以在時間裡連續。接著是薰衣草，薰衣草太常見了，不過北北的這瓶薰衣草，尾韻帶著花香的甜，像是北北在對他哼著搖籃曲。

太興奮了。他拉出一個燒杯，把快樂鼠尾草和薰衣草整瓶倒進去，不過原精太過黏稠，他又拉開裝酊劑的罐子，隨意倒入一些。他在小推車下層的角落，找到了紫蘇。紫蘇被裝在一個寶藍色的小瓶子，奶嘴形的黑色滴管，蓋子一旋開來是撲鼻的綠意。啊，太美妙了，安的肚子發出咕嚕聲。他好餓，爬回沙發上，吃多力多滋。北北不在也好。如果她在，他才沒辦法這樣玩。

在沙發旁的小桌子，他發現了北北的筆記本，裡面寫著配方，一截短短的小天使牌鉛筆夾在裡面。安把鉛筆放入削鉛筆機，轉著冰涼的鐵製手柄，看著那鉛筆屑在機器透明的肚子裡疊高。他聞著鉛筆尖，想到谷玲削鉛筆的模樣，同時又想到了伐木工人，乾淨的木頭，混雜著機油、泥土和堅果。他把這些筆屑倒入燒杯。

廢墟感的花園，荒煙蔓草，以紫蘇葉和迷幻的鼠尾草隨風開場。小天使牌鉛筆有著木質輕盈，像是陽光輕輕地灑在樹葉的縫隙，在地上打出了自然界的劇場燈，風吹來了薰衣草的香氣。末日花園，沒有花，是一種世紀末的美麗。

推車上剩下兩瓶，是白松香和檀香，那是安記憶中谷玲身體和頭髮上的香氣，她可能自己都沒發現。這香味讓谷玲不顯老，反而更有知識分子的味道。北北跟安說過，底調是被人深深記住的氣息，是三調的整合，某種程度上來說，也意味著死亡。

他理解的死亡，是等媽媽等超過一天後，便感覺世界要崩解了，內心空蕩蕩，不會再有人適應他的需要，試著理解他的心靈，只能自己照顧自己。

安把白松香和檀香加了進來，用力攪拌，燒杯發出喀喀的聲音。他的末日花園在這裡，此時此刻，沒有要去哪，在末日本身，在花園本身。

等待沒有終結，最後連思念誰也變得不太確定，到底想著誰，是北北，還是谷玲？唯有想念本身是真實的，相思混著末日花園的香氣，滲入紅棕色的毛髮，進入皮膚。

多力多滋都吃完了，天也黑了，北北還沒回來，只是他的眼皮也無法撐下去，躺在沙發上睡去。

半夢半醒中，安似乎辨識出北北的聲音，很軟又很冰，像是手汗。上次北北牽他去散步時，他才感覺到手汗和她的聲音是同樣的質地，剛從古墓裡爬出的涼冰。當他睡著，又醒來時，一切又消失於無形，留給他的只剩下一些模糊的印象。

當陽光完全在窗外隱沒，安聽見碎玻璃掃進畚箕的聲音。半睜眼，他看見北北的背影，她的身上多了雪茄的氣息。

「你讓我想到，小時候有次我在補習班門口等我媽，所有同學都被媽媽載走了，只有我還在等。等到補習班都關門了，我媽才騎機車過來。」北北沒有怪他，反而自顧自說話。

「然後我跟我媽說，以為你車禍死掉了。結果你猜我媽回什麼？」北北說的時候，是一派瀟灑的輕鬆。安只是雙眼無辜地看著她。

「她說，死囝仔，不要詛咒我。」北北掃完玻璃，拿著黏灰塵的滾輪在地上來回搓，好像怕安赤腳踩到會受傷。「反正我長大後，就不需要他們了。離開台中老家，自己來到台北擺地攤，香水生意越做越好。」

北北看起來是醉了，走路時還有點東倒西歪，時不時轉圈，停下來時又盯著窗戶一動也不動。安才發現，他們其實一個樣。

她把洋裝拉上頭頂，倒栽蔥的形狀把頭遮起，只露出身體。白色蕾絲內衣，內褲，安看著北北的鎖骨，肚臍，還有隱隱約約內褲透出的細毛，吞了一下口水。北北頭露出來的時候，透粉的渾圓珍珠還在耳垂上搖晃。洋裝丟進那皺摺如大腦的洗衣籃，打開衣櫃。

北北拿出一件黑色絨布洋裝，套了上去。她拿了一個鍋子，放到瓦斯爐上燒水，從冰箱底層抓了一包烏龍麵。

等待烏龍麵解凍時，北北心中閃過無數個畫面。媽媽去跟朋友做ＳＰＡ，晚點回來。去洗頭髮，等我一下。當終於等到母女倆可以一起逛街的時候，媽媽只想趕快付錢搞定，然後才可以穿上香水，跟她的朋友吃下午茶。北北喜歡的衣服都是波西米亞風，垂墜的印度棉洋裝，anokhi手工蓋印，盡是些動植物的花紋，泥染布條綁紮出身形，她都想要，媽媽都不買給她，也不問她為什麼喜歡，只說穿那樣很不正式耶。她其實也沒有一定要買，只是想要慾望被媽媽看到。

「她如果買洋裝給我，當然是為了要見她的朋友。」北北停頓了一下。她想到自己並不是媽媽的朋友。

反物質對她來說，等於是反母親。而這也是她離家後選擇香水的原因，香水不能算是一種物質，更抽象，更靠近內心。

對她來說，香水是透明的衣服，是關乎裸體，而裸體也意味著自由。

過了很久，已經收拾好房間和餐盤，北北才發現燒杯裡有調好的香水，亞麻黃成色，她把試香紙蘸了進去，對著空氣搧聞。

前調紫蘇很東方，香水一直以來都以法國為尊，而紫蘇是西方人的異域，在香水作品裡少見得很。如果在香調表看見，也多是用化學單體拼湊出的細碎常春藤葉，儘管清涼帶苦，卻總是少了點什麼。

那是北北僅有的一瓶天然紫蘇原精，她記得皺葉紫蘇的葉子兩面披著疏細的柔毛。這瓶是朋友送她的聖誕禮物，據說是一個神祕萃香人的季節限定。她一直捨不得用。安現在用了，紫蘇出現在前調很亮，金屬閃光很像是光灑落地面，彈出無數不規則的圓。紫蘇快速飄揚，北北想安真是天才，不用她說就懂得掌握香水裡的速度感。

香水，在乎的是時間，只要到某個時刻，氣味會散去，被人遺忘。因此，速度有著重要性。加點檀香，慢下來，當加入紫蘇和薰衣草時，意味著想要前進。

調香師的技藝，是關乎速度的掌控，唯有如此，才能突顯時間。把畫面和文字烙在時間上頭，那是對於美的求索，也是對於記憶的回返與保留。

而這瓶「末日花園」，濃縮了實驗室的所有美好，安突顯的時間是心調，撲鼻的小天使牌鉛筆，鋸齒狀的鉛筆屑像是花瓣一樣，被風吹起，在空中旋轉。他想重返怎樣的記憶呢？

安想起來發生什麼事情了。他的意識並不是從實驗室開始，他記得曾經跟一群紅毛猩猩生活在雨林。那是座原始的泥炭沼澤森林，土壤終年浸水，每踩一步，會發出吧嗞的聲音。無法分解的枯葉、木頭充滿這座森林。

安的媽媽嗜酒，喜歡攀上棕櫚樹，用尖銳的石頭在樹上砍出一個很深的洞，再用樹皮接住流出來的棕櫚汁液，然後再到下一棵樹。媽媽會分給安喝，也會給他吃無花果，安記得他還有三個兄弟和兩個姐妹。

直到安的媽媽被伐木工人盯上，說她破壞了棕櫚樹，讓他們採不到棕櫚油可以賣。媽媽活得很緊張，躲陷阱，聽見人聲就逃。黑夜他們躲在僅存的小小雨林裡，他們肚子很餓。媽媽到棕櫚林找食物吃，然後再也沒回來了。

天一亮，他和兄弟姐妹被伐木工人找到，幼年猩猩可以賣好價錢，黑市一隻一百美金。於是他們被放到紙箱裡，上了船，只有一個奶瓶可以喝，船上搖搖晃晃，也不知道會把他們帶去哪。

打開紙箱時，安全身僵硬，抓著空奶瓶，跳蚤和蒼蠅環繞身體，奄奄一息。

谷玲的筆記本是這樣寫的：安四肢環抱，試圖阻擋熾熱的陽光，身上的毛髮幾乎脫落，散發一股潮濕果酸的氣味。他的皮膚有許多的潰瘍和寄生蟲，眼中看不出任何活力和求生意志。安的媽媽死了，被伐木工人所獵殺。

仔細清洗並且敷上藥膏後，安抓著奶瓶的雙手才終於鬆開，彷彿準備好迎接什麼似的。

04

龍血

Dragon's Blood

科技城幾乎沒什麼人。北北一出新竹高鐵站，狂風讓她停在人行道裡。風把空氣吹出皺摺，她唯一能做的，便是試圖往前進，用整個身體的力氣去衝破，直到風被雙手撥出一個縫，她才一步步走進去。

她並不知道等待她的人的模樣，只知道他的名字裡有安，張安柏。光是名字便讓她有無數好感，好像若幫他調好香水，她便不會再那麼想安——曾經最好的紅毛猩猩夥伴，她的一部分，卻因衝動讓那部分的自己死去。

她喘著氣走進一間洗電路板的工廠。安柏穿著吊嘎，露出小麥色的肌肉，勇猛健壯，像隻野獸，不，就是隻像人的野獸。安柏背對她洗板子，北北閉上眼睛，感受著這男人身上的熱氣，熱氣裡有電流在竄，帶著可以溶化銅箔的金屬鹽，當她睜開眼睛，他正面對著她，汗水泛著藍色的金光，北北的心跳了出來。

心不應該為別人狂跳。太蠢了。心只該為自己跳。她深呼吸。安柏苦惱著身上的金屬鹽，問北北能不能調一瓶香水來轉化身上的氣味？

轉化。光是聽到這兩個字就讓北北興奮，提醒她調香師存在的意義，為了轉化世間惡臭為芬芳。

北北不討厭金屬鹽，反而有點喜歡。尖銳的工業感，讓她想到在廢棄工廠放鐵克諾音樂的ＤＪ，重拍與重拍間，有著來自外星的氣味，像是突然撞進人體的金屬碎屑。第一次見面時，她就拿出包包裡的長條試香紙，伸進他的吊嘎裡，蘸了汗水的紙隨著毛細現象，漸漸變深，直到半條紙都浸滿。採集成功後，她開始思索要用什麼香材轉化。沒注意到他雙頰泛紅，視採集為挑逗。

越厲害的調香師，越懂得如何轉化臭味，因為臭與香，只不過是比例的拿捏。不同的比例下，被活化的嗅覺受體呈現不同排列，所以葡萄柚濃度太高才會聞起來是糞臭酸。

臭是挑戰，讓她興奮，也是證明自己比別人厲害。後來北北找到香水圈最獵奇的香材：蹄兔，來轉化他的金屬汗水。蹄兔是野兔的尿液結石，有著濃臭藥水味。當蹄兔在同一塊石頭前排泄，牠們的尿液濃稠，帶著黏性，乾燥後捕捉了空氣裡所有的氣味線索。岩石、濃尿、花粉、葉子、草屑及氣泡。蹄兔比銅臭更猛，把金屬汗水轉化成一種野生的性感，穿在身上整個人如一座廢棄動物園。後來那支香水，就叫做「藍汗」。

那是她做過最man的訂製作品，安柏很滿意，滿意到之後每週約她看電影。她開始想這會不會又是個愛情轉移？應該是說，感情轉移，把對紅毛猩猩安的愛投射在安柏身上。她時而抽離，時而浸泡在安柏的熱情裡，他帶她認識這科技宅充滿的太空城，也無條件地幫北北包貨寄貨，讓她漸漸覺得他是真心喜歡她的。

後來當他拿出求婚戒指，她也不意外。只是心理的感覺她還是說不太清。畢竟安還活在她的心底，沒有徹底死去，她有點抗拒進入新的關係。不過一聞到那廢棄動物園的氣味時，她又是一陣狂喜，點頭說我願意。

結婚後，安柏一直把「藍汗」放在床頭櫃上，睡覺時會穿上它。每次他打呼，氣息在胸膛上起伏，北北看著他粗硬的毛髮，還有那撲鼻的野生動物氣息，意識恍惚間，感覺自己是嫁給一隻野兔。

婚姻生活，起初一切美好，直至半年後，香鬼露面。

北北早上約莫九點起床，安柏正準備出門。她像個賢慧的太太，抓著發皺的綠色亞麻棉被的兩端用力一甩，把被子攤平在床單上，然後打開電腦，她發現今年春季特調的訂單裡，有人在許願池寫了：不要花。

「竟然不要花。」北北說。螢幕的藍光照在她的臉上。

「一定是有錢人。」安柏邊穿吊嘎，邊湊過來說。

「為啥？」

「很chill啊，好不容易搶到訂製名額還說不要花。」安柏套上褲子。

的確，通常人們許願香材，寫的多是最貴的，譬如歐洲公主結婚都要有的鈴蘭，又或是十年才開一次的猴面小龍蘭，蘭花花量少，能萃出來的油更少，這樣調出來的香水才珍貴又是唯一。

北北看著螢幕上的訂單明細，名字也不寫本名，寫香鬼，附註還寫加LINE面交。「會不會是變態？」北北說。

安柏沒回應，只是轉著「藍汗」的香水瓶蓋，朝著脖子噴，一綹琥珀色香液流了下來。

「長這樣。」北北點開香鬼LINE的大頭貼，放大。

「見不得人吧，幹嘛在自己臉遮上一塊布？」他說。

安柏話語裡有著對香鬼的攻擊，說他是有錢人也是表達一種距離。北北想，自己對安柏來說，會不會也是有錢人？每次跟他說到錢，都要很小心，因為在他的世界裡，有錢等於有罪。像是她過年時買了一個菌絲體皮革的手拿包，支持用蘑菇代替皮革的理念，卻因為是奢侈品牌，得假裝是媽媽送的禮物，不然好像被判了無期徒刑。安柏會說怎麼可能買得下去。對啊，怎麼可能。她還要這樣附和。

北北很快想到這棟新婚房，頭期款是她用賣香水十年來的存款付的，在新竹還買得起一座有花園的小別墅。安柏一毛也沒出，他的薪水扣掉生活費，全用來還電機系的學貸。父親知道北北要結婚時，還嘲諷她是下嫁給一個藍領工人。不過，即使每次兩人吵架，關於階級的話語她也從不敢說。

每天都要包貨，看著安柏撕膠帶摺紙盒的背影，北北把脖子靠上去。「洗板子比較累還是包貨？」她問。

「我幫你是因為愛你。」他回答得很快，幾乎是反射。

她告訴自己，安柏對她的愛是慣性，如同他每天印製電路圖、曝光、顯影、蝕刻和鑽孔，他只是因為熟練而重複，但不一定知道為什麼。而她是知道的，她想著安柏在工廠裡的樣子，他散發的氣味，他說的行話，他因專心工作而忘記她在旁的時候。她喜歡安柏的雙手充滿力氣，喜歡他的胸肌堅硬，喜歡他穿上「藍汗」時的陽具可以頂天立地，這帶給她前所未有的狂喜。

她一直知道自己想要什麼，不過認識香鬼之後，她現在不知道了。

攪拌棒很大力地繞圈，晃出大漩渦。玻璃撞擊聲一直讓她感覺燒杯已被敲碎，但沒有，這讓她很吃驚。她輕壓膠頭，吸起血紅色的液體，點在手腕上，騷感的動物體香瀰漫著工作室。那騷味彷彿是從她身體深處散發出來的。因為缺愛的緣故，她太容易心動，誰愛她，她的心思就跟誰飄走。

香鬼的一切壓過了曾經讓北北發瘋的「藍汗」香氣。怪他太神祕，不見底，像是一瓶沒有盡頭、永不消散的香氣。

網路把她從一個關鍵字帶到另一個，她搜尋到有點枯燥，無數分頁執拗地重複，仍無法查到關於香鬼的任何資訊。香鬼當然不是他的真名。她唯一能真實看見的只有LINE，頭貼是一張蒙著白布的臉，布被戳了兩個洞，露出眼睛，像隻鬼。

說來奇怪，她也不是沒跟香鬼見過面，一個月他來工作室面交一次香水，已經有三次了。她記得第一次看見香鬼的時候，很驚訝他居然是個長髮男子，長臉天鵝頸，高瘦得像個枯枝，氣質有點陰柔混合紳士。她喜歡這樣的怪，像是欣賞自己身上的怪美那樣。香鬼身上的氣味有種苦到盡頭，會散發出的涼味。北北想到老船長、水手、士兵，總之是有故事的男人。他又那麼神祕，不太說自己的事情，刻意地保留，讓她在見面後的一兩天，便努力不斷切換視窗，找尋他的網路足跡，卻什麼也沒有。

當他們坐在花園旁的長椅上，他訂製的香水夾在他們之間。香鬼沒有馬上聞，只是安靜地看著光在水杉樹和苔蘚間遊走。

「你是不是心情不好？」北北側身問他。

「如果我真的心情不好，那你會感覺怎麼樣？」香鬼竟然這樣反問。北北想這是哪門子的心理實驗劇場，該不會被康老師附身吧。

感覺很差。感覺我很醜。感覺香水再怎麼香也沒用。北北都沒說出口。她反擊的方式是也沉默，兩人一起從傍晚坐到天黑，直到小黑蚊出沒，香鬼忍不住一直抖腳，北北肚子發出咕嚕咕嚕聲，才莫名結束。

後來回想這次見面，北北認為，或許錯的是自己，這份關係，也只是交易而已，調香師創作香水，香民用錢買，何必這麼入心。

再一次見面，香鬼在一棵櫸木下等她，高瘦蒼白，頭頂都可以碰到樹枝，更讓人覺得他是樹的延伸，而不是真的人。

「你真的很神祕耶。我如果是黑道老大，就會派人去跟蹤你。」北北走到櫸木下時說。「但應該很無聊。」她補充。

「沒想到是怕無聊。」他輕笑了一下。

「知道你做什麼工作啊，住在哪裡，喜歡去哪家咖啡廳，不一定有我想的那麼有趣。」她邊拿給他香水盒。

「要是發現我很無聊，你就不會再幫我調香水了吧。」他說。

愛與接觸面積成反比。他說的是對的。因為神祕而好奇，把對理想伴侶的模樣投射在他身上。北北總是這樣，對遠方的人釋放魅力，得到後把他當背景。

當香鬼對著他們之間的空氣噴香水，氣味分子降落時，她感覺拉得太近，退後了一步。她轉身，問他要不要參觀小花園？他跟在她的後面，走過爬滿薜荔的紅磚牆。

「你要不要說看看，每個味道讓你想到什麼？讓我調你的香水時，可以想像一點畫面。」北北問。

桂花酒。奶奶生前釀給他的桂花釀。

海藻。媽媽。離開澳門前，最後一次跟媽媽搭船出航。

天竺葵。紳士。英國的鄉間。他說十三歲的時候，他和哥哥被丟到英國念書，英國女王還會探視他的中學，回家時他搭一個小巴士，偷開窗，有湖有小鴨，轉角處有教堂，空氣裡是清新花香，像是天竺葵。

沒想到這招認識他很有效。馬上在腦中補入寫實的細節，或許那個中學是伊頓中學，曾經他也穿著高領襯衫配上黑色燕尾，發著如優雅打著呵欠的後喉音。香鬼或許是個家道中落的富二代？北北越想越是好奇。

繞過水牆是一張長凳子，凳子下放著幾個甕，醃著青梅和一些花草醋。他開始說了些自己的事情，他很小的時候，媽媽帶他和哥哥去跳海，很多具體細節他草草帶過，總之他後來沒死，跳海失敗後，他和哥哥被爸爸送到英國的寄宿學校，媽媽留在澳門，爸爸搬到了美國，再婚。

兩人經過大片的水塘，走入被水杉包圍的小徑時，她說台北曾經讓她很傷心，被一隻獸負了心，現在能在新竹定居下來，找到這個有花園的小別墅當住家兼工作室，是重新開始的轉機。

當香鬼問她發生了什麼事？北北只是彎下腰，翻找著心型葉片。「找到了，你聞。」她搓揉葉子說。「啊，好鹹，想到海。」香鬼回她。「是魚腥草，我的人魚湯底。」她成功轉移話題。

摘薄荷葉時，北北提到之前替一個工程師調配的涼菸，但後來發現那人是個變態。工程師說很懷念以前抽的維珍妮涼菸，細細長長，抽起來很涼，妹仔都愛抽。香水做好時，他說，好想看你裸穿涼菸。北北才發現工程師要的不是香水。當連續遇見十個變態時，她開始覺得，在新竹當調香師，很像在監獄裡當女醫生。不過，即使這樣，也好過在混亂骯髒的台北老公寓求生。

北北說話時，香鬼溫柔地看著她。即便講到有點激烈的比喻，譬如監獄，譬如變態，譬如死亡，他也不評判，只是靜靜聽著，這讓她感到安心。他從來沒說過他的伴侶，北北也不說。她漸漸覺得，關係不是一對一的束縛而已，更不是阻力，只要喜歡，誰都可以靠近。

他有時會在她的話語裡，發現有趣的聯想。像是北北說每次開放訂製香水時，自己好像變成香水瓶，映照著客人的情緒。貪心的人會一直問，可不可以玫瑰多加一點？充滿幻想的人會說，我想像葛努乙那樣，苔蘚為枕，黴菌為床，在洞穴裡沉眠。精準到刁鑽的人的許願，冬天我想要穿上煙燻甜的馬達加斯加香草。

北北說著身為瓶子的困擾，總想不讓人失望，卻讓她好疲憊。她羨慕那些沒有服務精神的調香師，像是一條管子，香材來了，又流了出去，愛怎麼調就怎麼調，不讓他人的期待在心底淤積。

香鬼說，你這樣說，好像在說子宮與陽具。有幾秒鐘，她感到十分驚喜，她和安柏之間，熱戀期過後便很少聊這麼深，安柏只會邊滑手機，邊說：「喔。」北北感到和香鬼對話迸出的神奇，像是她第一次調配的香水，茉莉加上癒創木，竟然是一鍋茉莉花茶。明明沒有加入茶原精，調出來卻有茶，香鬼的話語，也像是這樣，讓她感到造物的神奇。

告別時，香鬼問她要不要抱一下？她沒有拒絕，但只是輕輕環繞他的腰，他很瘦，她感覺像是抱著一棵水杉樹那樣。

一個月見面一次，交貨香水，固定的見面，越來越特別的香材，越來越讓她覺得香鬼的訂製不只是香水而已。她從沒說起自己已經結婚，安柏是她的丈夫，說出口總覺得很兩難，好像不再自由，不能想喜歡誰就喜歡誰。但夜裡，看著熟睡的丈夫，她會反省自己這樣假裝單身，不就像是她很討厭的綠茶婊嗎？

安柏下班後，晚上幫她包貨，他會邊黏紙箱，邊開著他是免費勞工（老公）的笑話。北北跟著笑，即使在心底，她覺得諧音的笑話總是最難笑。

香鬼那瓶不要花的香水，調配了四個月。北北的香水一直以花香著名，她想不到有什麼氣味可以比花更巫豔，直到某天，她翻著她的香材小推車，找到一瓶來自葉門的龍血原精。

當龍血滴下去，香水染成血紅，她驚喜這樣的色彩表現。接著想到跟香鬼說話時，也是有類似的感受，心被神祕和好奇佔滿。

「你買了很多別家的香水嗎？」她忍不住LINE他。

「家裡大概四百多瓶吧，不過你出的我都有收。」他秒回，還回傳一枚吐舌笑臉。

香鬼到底是怎麼看她的？是把她當調香師而已嗎？北北上次在花園說起紅毛猩猩時，他沒有追問。唯有說到關於他或當下正發生的事情，香鬼才會反應。譬如當她問香鬼是不是喜歡穿很熱的香水？因他本身的氣味苦冷，要多一點熱的香氣中和，香鬼的眼神才亮起。或是當她說到木蘭花正含苞，花苞從白色漸層到紫紅，香鬼的身體才會往前傾。她覺得他在暗示，不要講過去那些痛苦，把注意力放回當下。可是這不也是他的自私和控制？她偏要提過去，偏要看他反應，若他不喜歡聽卻真心同理，那才是超越自我，最真實的感情。

調給香鬼的「龍血」香水，前調是佛羅倫斯的岩玫瑰、義大利甜橙，心調是阿勃勒，底調是龍血。岩玫瑰名字雖有花，其實是葉子分泌出的黑色膠狀樹脂，帶著紅酒的礦物氣息。而有煙燻龍眼香氣的阿勃勒，來自長條形的果莢。這些不是花、卻散發絕美香氣的香材，和龍血拼配在一起，有種近似龍涎香的質地。騷。動物。仙氣。

在細長的試香紙上搧聞時，前調的第一印象，她想到了城堡、覆盆子酒、騎士、動物皮地毯、絲質被單。好在位於心調過渡的香材是阿勃勒，讓這瓶香水還保有東方的靈魂。台灣人都知道的黃金雨，聽說台南還有大學會辦阿勃勒節，慶祝金色的美麗。但人們不知道，阿勃勒用正己烷萃出來，是煙燻的果香。底調是最後留在肌膚上的味道。這支是「龍血」，帶點墨水的體香是壓軸，像是穿著黑色西裝的神獸。反差令人瘋狂。香鬼曾說過，為什麼他喜歡北北的香水，是因為三調變化明顯，像是水墨畫，在時間裡有不同濃淡，總帶他到遠方。

她的香水一直帶人去飛翔。說來矛盾的是，自從香鬼出現後，她開始覺得在花園裡剪著野薑花的自己，好像是被時間困住了。感覺時間黏著身體，她只能等待，等待見面的那天。

交貨「龍血」香水時，是他們的第五次見面，在還微冷的春天。相約的時間是早上六點，香鬼說早一點比較安靜，她說鳥叫很吵，他說你怎麼知道。

她不知道，從來沒有六點鐘到花園裡去。都是在床上被鳥叫吵醒，然後用棉被摀住自己，晚上她總是裸睡，把身子裹在綠色亞麻被單裡。她想像捲進被子裡的身體像是蝸牛黏濕的軟體，下雨時拖著自己，無助地在土裡爬行。

五點鐘時，她的意識已清醒，天還是黑的。她鑽出棉被，把鼻子抵在安柏的肩頭。這是她第一次跟丈夫道別。過去總是他先起，她只會聽見門關起那砰一下的聲音。她看著他小麥色的裸背，告訴自己還是最喜歡他的身體，比起香鬼那種蒼白的浮屍樣，有好上幾萬倍的健壯。

昨晚「龍血」調配好，她沒有馬上裝瓶，她讓血色的香水在燒杯裡跟著調香室的空間一起呼吸。其中也包含了她的氣息。

她把噴頭在玻璃瓶上壓緊，黑色的瓶身有著 BEBE 的字樣，是她的香水品牌logo，是她的壓印，代表著這作品出自於她的手裡。她開始幻想，香鬼看著 BEBE 的表情，他會怎麼使用這瓶香水？是噴在空氣裡，走進香水雨？還是噴在手腕，在他的西裝外套袖扣前方？或是會洗完澡穿上去，跟著這氣味一起入睡？她越想，腦中越有聲音說停。停不下來，只能做點事讓自己分心。

她拿出裝試香的 2 ml 黑色小管子，比手掌還小，有時候會送給香民試聞，這樣他們就不用盲買。她把滴管深入貼著「藍汗」標籤的錐形瓶底，這是給安柏的訂製香邊角料。北北捏著滴管膠頭，琥珀色的香水被吸上來，到 2 ml 的刻度，她小心翼翼放入試香瓶，把噴頭壓緊，貼上標籤。她是不可能復刻「藍汗」給香鬼的，畢竟那是丈夫的訂製，只屬於安柏，但就是想給香鬼聞。聞她男人的味道。

要佔有她，必須先過了「藍汗」，過了那野蠻的蹄兔騷氣。

她套上絲質的白色長褲，奶油色的針織衫，馬尾上夾著一隻金鳥髮飾。邊想著，早該離香鬼遠遠的，他說要面交，她又為什麼要理，大可不必。不過，在她決定見香鬼的那一刻起，她便知道她會自責，她追求的正是這個。

她想透過任何方式責怪自己，把自己壓扁，在愛裡掙扎，這是她殺了紅毛猩猩的處罰。

每次香鬼來，一下樓她就知道，因聞到他身上散發著的苦裡透涼。她開始好奇，他是否也會記得她身上的玫瑰氣息？告別時他們會擁抱，他的鼻孔對著她髮後的空氣，而她的鼻孔吸著他身上的氣息，像是植物莖的苦感，風吹過帶著水氣和草本氣息，好像可以把所有的傷痛包起。他像是太陽升起，讓她身上的叢聚花序逐漸萎靡，一朵朵捲曲，進入她鼻孔那無盡的洞穴裡，如此才能永遠保有他身上的香氣。

微弱的雨灑進窗戶，她看向時鐘，已經六點了，麻雀吱吱叫個不停。她把香水和試香裝進紙袋，走下樓去。麻雀從一個樹枝跳到另一個樹枝，樹冠搖晃著。他正在櫸木下等她，長髮隨風吹散，他穿著米白色亞麻襯衫，手插在格紋褲，一副酷又自信的樣子。

她好久沒有，碎步走向一個人。拿出香水，「龍血」的香氣灑在他們之間的空氣中，兩人一起走進去。香水雨落得很慢，慢到可以感受到時間裡的每一個肌理，前調的岩玫瑰酒感明確，冒著氣泡，心調的阿勃勒陽具形的果莢墜落，發出了煙燻果香，而最後潛入兩人肌膚的是龍血。「龍血」在他身上，將他體香原有的苦涼融化。冰塊初融的暖度，比赤道還瘋。她被這股熱香感染，手腳開始發熱。

她知道這不是愛情，只是一種慾望，一份因被理解後而感受到的慾望，他是一個支點，將她撐起，眺望遠方。

兩人身體靠得很近，近到她不敢張開眼睛。「龍血」香液灑滿了兩人的每一寸肌膚，唯有更靠近才能探索與體香的混音。她想轉身，幾秒鐘卻無法控制身體，只是僵直在那裡，直到真的轉頭，他跟上，兩人並肩走過爬滿藤蔓的紅磚牆。經過水牆。那是花園最費電的地方，牆腳距離池子有一個手臂的高度，每分每秒都有水柱經過牆，落下，入池。嘩啦啦的聲音，像是一座小瀑布。也是提醒進來花園的人。內心要安靜，才不會被念頭和念頭夾緊，找不到中間的呼吸。

香鬼說他在英國唯一的物慾就是買香水，他也說從那時候開始看一些萃香的書籍。有次聖誕假期回澳門，母親跟他說，奶奶走了，留了一甕桂花釀給他。沒先說，怕他提早難過。那時他開始萃取桂花香，桂花一上皮，不只修飾了他身上的苦涼，還讓奶奶在皮膚上重生。

北北很驚奇香鬼知道自己身上的體香，像她身上有玫瑰花香，也都是聽別人描述。她不敢問香鬼是怎麼知道的，她只是聽，發出嗯嗯的聲音。光是聽，便構足親密的前提。

風夾雨。北北踩著石頭，走過小溪時差點站不穩，還好只有短短的距離，找回重心逆風走過去。走到一片薜荔爬滿的矮牆時，香鬼的身體隔住風和她，她感覺自己像是靠在樹旁，所有祕密都可以發出聲音。

他好像要繼續說些什麼，但風聲太大，她聽不清。水邊的野薑花已經被吹低，隨風偃伏水面，有幾株整根浸泡在水裡。他們踩過一地的白色花瓣，走到香草區。

香草區是上鎖的，四周有小灌木圍起，地勢也較低，風小了些。香草種植成一個耳廓的形狀，從矮的草莓、水薄荷，到金蓮、迷迭香、艾草，最高的是芳香萬壽菊，比人還高，正在開出黃色小花。她手伸進去拆了一片葉子，搓了搓，給香鬼聞。「百香果味呢。」他說。她喜歡他也有訓練過的鼻子，可以精準說出聞到什麼氣味，不像安柏每次只會說好香。

風吹低了無花果樹，差點打到香鬼的頭。香鬼閃得很快，拉著北北蹲下。兩人蹲在草莓旁，手肘相貼了幾秒鐘，她後退一步，躲進芳香萬壽菊裡去。太靠近讓她想逃離。

百香果香的葉片令人開胃，她想到了安。右眼皮彈跳，風裡好像出現朦朧的畫面，一隻成年紅毛猩猩，站在椅子上捶著胸，所有的花草跟著搖晃。

安是那麼聰明，那麼天才，可以不甩調香技法，憑直覺亂加的結果都如此美妙。只不過，她無法控制那失控。如果控制好，或許他們的結局不會是這樣，還可以華麗甩尾出場。

安被北北浸泡成湯底參加香水比賽，讓她得了冠軍，卻藏著不可告人的祕密，這些她都不敢跟香鬼說。她也很清楚，會喜歡安柏，願意跟他住在一起，是因為他流汗時那溶解銅箔的氣息，是某種非人類的驚喜。她有時候暗地裡稱安柏為藍汗，藍汗加上蹄兔，一秒變身像人的野獸，那樣的香氣，可以讓時間跳著火焰舞。

火是她繼續向前的動力。如果她自己無法升火，便會由他人點起。以往只在官網上架香水，客人下單後，北北一週一次到全家寄貨，從沒有人要面交，她也不想。一開始北北和香鬼都不敢對眼，現在這樣緊貼，她覺得神奇，畢竟她對他不夠了解，但這份感情卻真實又逼近內心。

「我喜歡『龍血』的湯底，讓我想到英國有很多的城堡，但我從沒走進去看過。」當他們走完一圈耳廓的形狀時，回到原點時他說。

「我的湯底不是vegan。」北北說，她邊翻找著濕潤土壤裡掉落的魚腥草。「以前有浸泡過動物屍體。」她拿起心型葉片搓揉，海的鮮鹹味升起。她想到安的腳爪也是這個氣息，她曾著迷這樣原始野蠻的香氣。

「我在英國南邊的小鎮，Brighton，也看過女巫湯底，裡面浸泡著蘋果和蜥蜴。」他的語氣沒有顫抖，還是一派理解的輕鬆。

「英國的鄉間一定很美吧。」她說。但她心底只想聽他說，她沒那麼壞。

「開著車到處晃晃蠻不錯的，不過我最喜歡靠海的城市，會讓我想家。」他抬頭，迎向風，像是在想些什麼。

風伴隨著雨滴，滑向香鬼和她的頭頂。她決定也逆著風往更低處的下坡走，走過長滿蕨類的小徑。香鬼依舊站在她的左側，用身體替她擋風。

蕨坡很陡，若是順著風肯定會被吹下去，他們走得很慢。走到最低處，卻一點風也沒有，像是進到一個寧靜的港灣。香鬼拉著她躲在蕨類葉片底下，頭頂是一顆顆的孢子囊，她心跳快停。

當她感覺到「龍血」的熱氣靠近時，他親吻了她的臉，意思好像是，終於找到屬於他們的家園。無風無雨，時間暫停。

「你等等要去哪裡？」北北沒想到自己說出這樣的話語，暗示他快走。

香鬼只是看著她，不說話。她準備轉身，上坡走掉。他的體味聞起來雖苦，但苦後的清涼是一種骨子裡散發的自信，或許還帶有點自戀的成分。北北總是被自戀的人吸引，好像跟這樣的人在一起，可以代替她愛自己。同時又覺得自戀像一層香水般的透明屏障，讓她無法攻擊他。她如果跟他說他哪裡不好，他可能會說那是你的問題。你不喜歡大可以走。

她才不要輕易愛上一個她無法攻擊的人。按照她的模式，必須先從甜蜜，走到隱忍，直到她知道如何可以摧毀，好測試愛的穩固時，那時她才真正完整愛上一個人。

「這給你。」她從口袋拿出「藍汗」的小試管。

他沒噴。但似乎噴頭壓得不夠緊，有些漏香，空氣裡蹄兔的騷味和雨滴混合在一起。她聞到覺得危險，用力地跑上坡，有幾步差點踩空。

跑上坡時已氣喘吁吁，雨滴飽滿，一滴滴打入她的眼睛。偃伏水面的野薑花，此時已經有點模糊。雨讓她的針織衫緊貼皮膚，還露出了肩帶的形狀，她不想管，只想趕快回家。但或許是太累了，一個踩空，找不到重心，她掉入池裡。

除了冷和水草纏繞腳底外，想不到躺在水裡十分安靜。

不知道過了多久，香鬼在池邊伸出手，想把她從水裡拉起。雨越來越大，他的亞麻襯衫也緊貼皮膚，變得透明。兩人的手碰觸的剎那，她反而使力，將香鬼也拉入池裡。

他沒有生氣，水池也不深，如果站起只到膝蓋和大腿中間而已。他把她拉近，輕啄她的額頭。因為水泡了太久，她快沒有了力氣，北北雙手環著香鬼的脖子，兩人相看，短暫地接吻了幾秒鐘。

上岸後，她只能邀請他回家盥洗。他們拎著鞋，赤腳走上樓，經過水牆前釀花草醋的陶甕時，她還轉開蓋子，手蘸著桂花醋，調皮地對他笑了笑。

「也許我也應該把你用醋醃起來。」北北說。香鬼只是笑著說什麼鬼，他們站上長凳子，看回花園，好像再次回顧剛剛的冒險。風雨下的花園是一片綠，潮濕泥土上有著被吹下的枝條和落葉，花瓣太脆弱，早已被吹落。

北北想起香鬼的許願。不要花。到底要什麼？她現在心底好似有模糊的答案。

但當他們有說有笑進客廳，發現燈半暗著，北北想著自己是不是忘了關。走進去，才發現安柏坐在沙發上，報紙遮住他的臉。報紙是她訂的，這年頭看報的人少，安柏婚後也跟著北北看報紙。她深吸一口氣，垂頭看，衣服不斷有水滴入木地板，那是她與香鬼一起冒險的痕跡。

現在八點半，是安柏準備上班的時間。香鬼第一個反應是伸出手，跟安柏握手。北北覺得這實在尷尬到不行。髮絲有水滴不斷落下，但也沒人搭理。他們說著無關緊要的話語，譬如香鬼說他多喜歡北北的作品，家裡蒐藏了四百多瓶香水，有十分之一都來自這裡。安柏說他不太懂香，唯一一瓶香水是訂製的「藍汗」，也是為了實用的目的，轉化身上的銅箔臭味，像是用刺青蓋疤。

之後，安柏竟然主動去浴室拿兩條浴巾。「別著涼了。」安柏把毛巾摺好，遞給他們兩人。

一定是有錢人。安柏知道那個有錢人就是這個香鬼嗎？安柏是前調，是金屬感的第一印象，北北身上的玫瑰是心調，香鬼是底調，帶著龍血的融雪暖香。空間裡的氣味正在混音，三調正在變化，她全都要。

她把眼前的一切放入時間裡思考，想著是什麼時候她開始不那麼愛安柏了？她想起跟安柏做愛時，他總是要她看著他的眼睛。好像在逼她面對死去的安，她別過頭看窗戶，安柏不懂為什麼對眼會如此難堪。於是當香鬼說著遠方的話語，她的心思也飄了出去，香鬼不在時，在花園裡剪著野薑花的她變得焦慮，等待讓時間黏滯，這不是她心中的美麗和獨立。而唯一能解脫的方式是與他合而為一。

安柏去上班後，他們分開盥洗，還好家裡有兩間衛浴。當北北脫掉黏在身上的衣褲時，發現竟然身上沙泥伴血。啊，來了。她的月經週期是二十六天，現在已經是三月初，也差不多了。之前總是忘了記，反正該來的總是會來。她把身體和頭髮擦乾，浴巾圍緊，小毛巾把濕髮盤起。穿上生理褲，那是個紅色的高腰內褲，內襯還多了聚酯纖維層，為了黏貼衛生棉的翅膀，也是多一層防滲透。她把衛生棉的翅膀黏了上去，壓緊，套上黑色絨布洋裝，走去客廳。

香鬼背對著她坐在沙發上，他身上正冒著乾淨的熱氣。北北把從調香室拿出的血色晶體，放到煮香盆裡。煮香盆分成兩層，下面是放蠟燭，上面是盤子可以盛裝固體香氣。她把血色晶體擺了上去，拿起打火機，點燃蠟燭。

煙很細，縷縷升起，他還沒發現。

她對「龍血」的理解是這樣的。每當龍血樹受傷，會以樹脂密封傷口，樹脂常作為香水材料，因為植物的癒合充滿氣息。冬天暖陽般的酒體，尾韻似墨，帶點麝香。「龍血」沒有花，氣味卻充滿造物的奇蹟。

當她手輕觸到香鬼肩頭的瞬間，她感到血色晶體正在微微閃爍，好像是在說，別怕，繼續走下去，每個人的傷口有天都會結晶。

05

鬼蘑菇

Spectral Mushroom

盆地多雨，梅雨季時，北北再次遷厝。陽台盆景冒出了一株株黃色尖帽，她搓揉著菌蓋，細細的香氣飄起。很鮮很生，香粉、核桃和蝸牛黏液的味道。接著她突然使力，掐斷細瘦的菇腳，那瞬間如此快，好像緩舞一陣後突然墜落，提起自己，掉下來，她一株株包入兜裡的報紙。

她坐在調香桌前，把報紙攤開，蘑菇總給她一種從腐土裡長出的憂愁。不過襲上她心頭的並不是憂愁，憂愁聽起來有點美，讓她慚愧。

慚愧的理由是，一直以來，調香在做的事情，不過是化鬼為魅。鬼是臭襪子味的纈草根，破洞抹布的霉，鹹髒的孜然感，蛋白質的腐味，偉大的調香師都能化腐朽為香氣。而她卻被轉化後的野生香氣蠱惑，這氣味高於她的存有，佔滿了她的身心。泛著金光的藍色汗液，使她無法自拔，也讓她做出錯誤的決定，讓她以為自己是愛安柏的。

現在她一個人住，她很清楚自己愛的只是「藍汗」的香氣和安柏的身體，想到這便令她難受。安柏是真心待她，關心她的所有。

她回想安柏第一次看見香鬼時，並沒有責怪他們兩人約會的意思，反而是拿出浴巾，關心受涼的身體。他是善良的人，慷慨，體貼，他的愛裡沒有佔有。安柏是那麼單純，不知道穿上「藍汗」的他充滿力量，那力量勝過於北北，而他卻沒有用這力量去控制更多人。當她被「藍汗」的香氣擄獲，無法再向前，停在原地，她感到十分迷惑。調香師被自己調配的香氣勾引，聽起來是如此自戀天真。因她自己也沒預料到，金屬鹽汗如此迷人，轉化後竟像是來自外太空的廢棄動物園。所以她曾經覺得安柏是唯一，他是她的摯愛，她的一切。

當北北坦承這一切時，安柏哭了，她也哭了。她懊悔這些真心話如此帶刺，愛是那麼不需解釋，不愛也是那麼原始。

「『藍汗』的氣味也是我，你愛的還是我。」安柏說。北北只是搖了搖頭。安柏繼續說，「如果你是愛上了別人，為什麼不直接說？」

「那個別人，也不過是讓我知道了真相，知道我愛的只是你的氣味和身體。」北北說得顫抖，「一定要說這麼多次嗎？」

「我從來沒有說過只愛你的身體，你怎麼可以這樣對我。」安柏甩門離開。

賣掉新婚房，各自別離。她本想搬回吳興街那有著長樓梯、燕子築巢的老社區，不過曾經的住處早被租走，她只能租莊敬路上一個附陽台的三角空間。依舊是樓中樓，一樓調香，二樓睡覺。由於空間大了許多，她把黑鐵板嵌在牆上，陳列香水，還擺了一組咖啡桌椅，接待朋友或是香民。

北北把注意力放在開發新的湯底。過去人們用苔蘚辨認她，現在她想嘗試更濃烈更東方的主題。她抓著一塊上面畫著金色松柏的松煙墨條，鼻孔抽了一下。墨香聞起來充滿線條，帶著樹脂感，像是蟲膠、阿拉伯樹膠，底部透著微弱桂花、雪松、麝香，還有一絲鬼傘菇的陰冷鮮甜。

鬼傘菇她熟悉的，精確來說是純白黃鬼傘，也稱黃鬼傘。夏日雨後，常在陽台看見一株株指頭形的黃蘑菇冒出來。菌蓋頂端從黃漸層至棕，輕輕搓，會有檸檬黃色的粉末掉下來。

如果調香師不是人，那會是什麼植物？這問題時不時浮上她的心頭。她快樂時，都說是苔蘚，小而無所不在。憂傷時，她會說是蘑菇。不過蘑菇不能算是植物，因為真菌沒有葉綠體行光合作用，得靠著分泌至體外的消化酶，在體外消化食物，再吸收養分至體內。蘑菇擁有「外部的胃」。真要說起來，蘑菇比起植物更像是動物。她喜歡這個想法，像是過去她發現自己體內有隻野獸那樣。

蘑菇從腐土來，從腐土走。終究會走，於是不興奮，不執著。但她還做不到蘑菇那樣地灑脫，只能呆坐在椅子上，反覆想著與安柏的種種。

她太熱切，對許多人與事都期待太高，世界沒有問題，有問題的是她。她應該退回更陰暗處看看自己。不過「應該」，是她討厭的字，她討厭應該做什麼事，沒有什麼事是應該做的。這段時間她用來做鏡子練習。她是蘑菇，蘑菇是她，當她癱軟自毀，鏡子裡的存在，潮解出黑色汁液。她感到不可思議。

拔高，膨脹，自我消溶。她記得見證黃鬼傘潮解的那個傍晚。菌傘張開，並從邊緣開始向內捲曲，逐漸癱軟，陷入土壤，溶解出墨色汁液。

那時她喝了很多酒，覺得自己要開始墮落，一杯又一杯喝，喝到夜晚，喝到午後雷陣雨停，只是這個作法並不足以欺騙她自己。她其實很疲倦，離她想成為的巫還很遠。她還無法把世間的分歧分解，還沒有能力把哀傷還原到不可還原的信仰層面。痛苦尚未帶來養分，無法讓她以巫之名重生。

剛離開了與安柏的關係，和香鬼還在模糊試探，為了把注意力放回在自身上，她給自己出了一道難題——調配墨香湯底。她把自己搞得筋疲力盡。

嘗試過以獨立調香師為生的人會知道，這是一件多麼不容易的工作。是初踏進來，覺得浪漫，但真正深入後，會覺得當上班族還比較輕鬆的行業。調香師從早到晚，雙腳像是木樁一樣被釘在調香桌前，只能與自己和燒杯裡的香氣對話。她得反覆嗅聞三十六個習作裡，哪一個比較好聞。且好不好聞，沒有一個絕對客觀的標準。北北會在鐵門下看見路人的腳，偶爾會有想來聞香的香民蹲低，朝裡面看一眼。這時北北才會看見人類的臉孔。

走上調香這條路，是她的選擇，她並不後悔，只不過有時候會懷疑自己適不適合。她承認，有時候聽香民說著嗅覺帶來的滿足和味覺多麼相近，聞一瓶好香水可以抵一頓米其林三星之類的話，她都感到乏味。她得十分克制自己，不會拉著對方說：「先生，您不要自我陶醉了，完全不是這麼一回事。」或是，「小姐，難道米其林餐廳會把廚餘變成蜜蠟鮭鱒配香檳伯爵嗎？我跟你說，在香水世界裡，是有多臭才會有多香。」

她沒辦法像香民這樣，花很多力氣去描述氣味，卻不動手做看看。如同與其當個老饕上館子，她寧可自己煮飯。

她被所有在黑暗處散發著獨特氣味，世人稱之為臭的東西吸引。邊緣、破損、陰暗、壞掉，這些字詞都吸引著她靠近。

甚至當她迷失在自己創造的世界裡，被「藍汗」氣味迷惑身心時，她某部分的自己，會在頭頂上方清醒地說：「揭示弱點是與自己難得的親密。」雖然她的身體和情緒還無法經驗，轉化憂鬱後會是什麼樣？但她的意識提前知道，她經歷的痛苦會轉化成絕妙的香氣，終究會抵達那裡。

降落是起飛。蘑菇懂她。比起用過度美化的語言描述香水，蘑菇揭穿這一切，展現何謂嗅覺之愛的本質。鬼傘菇突如其來的潮解，像是推開精緻的衣櫃後，背後藏著一具屍體。告訴你所有的美，皆來自於獻祭。

當她帶著這信念，決定拉下鐵門，出門走走時，她看見一個女人蹲在草叢中。天上正飄著小雨，女人盯著地上兩株白色傘菇，動也不動，好像下一步她會躺下，任身體滲入土中。

她一眼便認出她。是巫巫，巫芝玲。十幾年前她們一起上過翠姐的調香課。

調香課一班有十幾個人，對於和一群人打交道，北北會下意識地逃避。因她和一群女人相處經驗都不是太好。高中念了女校，那時班上很多個小圈子，不論在哪個圈圈，都要求北北改變自己來遷就於她們。記得有個小圈子要她改掉說髒話的壞習慣，不能說屁啦、靠，要說莫名其妙。如果一直做自己，她們便會不高興。這些女孩都有自己的生存之道，不過每當她想著，她們到底是什麼人，又一無所知。

因此課間時，她會上很久的廁所。如果有多餘的時間，她便坐在樓梯間發呆。

某天，她發現有個女孩也躲在樓梯間。她們交換笑容，北北先說自己名字，今年二十歲，剛以調香師為職業，想多學多看，都是養分。不過她沒多久便發現，女孩只是出自於禮貌聽她說話，因為女孩的故事有趣太多了。

巫芝玲。綽號巫巫。上調香課時，不過十八歲。她來上課是為了調蘑菇香水，因她剛去喜馬拉雅山採集冬蟲夏草，正浸泡著她的香水酊劑。不過翠姐的課讓她有點失望，還是很傳統的炸鼻子教法，不說心法，只是一直聞一直聞。認識香調，按照講義的比例，試著調配看看，香材加太多還會被罵。巫巫覺得沒什麼意思。

巫巫穿著極簡，像淡漠的富家女。廓形米色罩衫，包裹著她雲煙似薄瘦的身體。她的品味受家人影響，父親是藝術圈頗有名氣的水墨畫家，她從小跟著父親學水墨，她說學水墨很好，老了會被當國寶。並且，年輕女生畫水墨很少見，她隨便畫一通，鬼畫符般，藝術雜誌便來採訪，誇她得父親真傳。她父親有一批藏家，與其說是蒐藏，不如說是像股票那樣炒作藝術品，他父親的墨跡很幸運地被炒起來，每賣一幅作品都可以買一棟小套房。

「也就幸運吧，我們家房子越搬越大。」她繼續說。

巫巫說話的時候，裸而怪誕的唇色時開時合。北北好像看著外星來的女人，她掃描著巫巫身上散發的氣息，得出這樣的結論——巫巫在有愛的家庭中長大，哪怕看起來殘缺破損，背後仍透著一份支持她的力量。因此，那份殘缺是可以被修復的。

殘缺吸引著她，像是巫巫灰帽邊緣有些不工整的抽摺，不過背後的愛讓她卻步，不如說是有點嫉妒。以至於巫巫後來說的一些事，北北有點半信半疑。

「那你採集過了嗎？」巫巫好奇。

「我常常夢想去哪裡採集，不過只是想，好像光是想便已經完成，不用真的去。」北北說。

「想去哪，就去呀。像是冬蟲夏草跟我想像的也不太一樣。」巫巫說。

她繼續說著那趟旅程。一開始，北北以為她瞎掰故事，直到那些神祕的時刻與情節逐漸聚焦，細節清晰浮現。白色廟宇攀附在峭崖，深棕色窗櫺，金色塔尖。還有高山上，她的雙手腫脹，只能忍著疼痛，找尋枯葉色的蟲。此時巫巫身體顯得緊繃，聲音壓抑，好像那是一個不堪回首的過去。北北開始相信這故事是真的。

調香課後，巫巫便消失了。北北曾經想過她死了。畢竟這麼久沒見，什麼事都可能發生。不過更殘忍的念頭是，北北覺得巫巫已超越了她，調出了絕美的蘑菇香水，而她不想分享，她才不想理她。所以十幾年後的相遇，在北北的意料之外，且巫巫的身材依舊，仍是少女般薄瘦，未受現實折損，帶著無端憂愁的氣質。

「好久不見呀！」北北故作輕快地說，「你怎麼會在這裡？」

巫巫轉頭，似乎對於兩人的巧遇不驚訝，「跟以前一樣飄來飄去，有蘑菇的地方就有我，浪漫吧。」

兩人互看一眼，笑了出來。接著才把心裡話說出來，或說坦承，她們笑的理由是什麼。

「那時候我們還覺得調香師是世界上最浪漫的職業。」北北說。

調香水等於浪漫這件事，有如只要在巴黎鐵塔前便可以答應任何人的求婚。同意這個等號意味著拒絕探索感官的深度，她不想要幸福只是淺淺地嚐過馬卡龍。

「現在如果有人說當調香師很浪漫，你會怎麼回？」巫巫問。

「屁啦。」北北說。

巫巫咯咯笑。說髒話在巫巫面前像是隨興的幽默。她有種因為做自己而被支持的感受，好像她生來就是為了被巫巫理解。她們無目的地漫步，北北身上的鵝黃洋裝遇雨變得半透明，是太瘦薄了嗎，雨彷彿完全沒有打在巫巫身上。

「剛認識你的時候，光聽你怎麼理解香水，就好像在聞一瓶香水。」巫巫繼續說，「你是天生的調香師。」

「不過現在有人開始說我是女巫。」北北聳肩，露出不解的樣子。

「你幹嘛在意，即使他們口中的巫像是野獸，你一在乎，就必須證明自己。」巫巫說。

北北心底不斷重複，野獸，野獸，野獸。她不喜歡別人說她是那種女巫，所謂「那種」，的確隱含野獸的意思，沒有理智，連香水多少錢也要用感應的。但她感到好矛盾，她一直很想成為獸，卻又討厭別人說她是獸。

「不會很累嗎？像你一直想要做出東方力的香水，對抗那些logo下方加個Paris還是London就跩得要死的調香師。不過，會不會有種可能——」巫巫停頓了一下。「東方西方就像是男人女人，並沒有那麼絕對的區分，都是流動的。如果你一直想著征服，也會被氣味征服。」

「欸，你知道我底細嗎？好像有點準。」北北說。她想到了「藍汗」的香氣，是的，過去她被這氣味迷得暈頭轉向，光是想到，鼻腔裡全是野生動物園的氣味，身體開始有點癱軟想睡。

巫巫提醒了她一件事。當年在翠姐調香課，雖然沒學到什麼心法，她們卻共同領悟到，調香是關於「之間」的技藝。

世界是內與外的來回盤繞。根據經驗，先寫配方，實際拼配後，在臭與香之間的微妙比例間擺渡，調控著燒杯裡的宇宙。兩個對比創造陰與陽，黑與白，死與生，要與愛，做與在，西與東，男與女，得來來回回，才能找到「之間」的位置。

而這個「之間」的位置，在森林中有具體的形貌——是蘑菇。

大部分的人穿上香水是為了出門。沒有他者，人與香水的關係便不復存。但當一回到家，皮膚上的氣味逐漸消散，客廳的音響尚未轉開，人們才發現香水是為了面對自己消逝的部分。香水是一切死去東西的生命，如蘑菇生長在腐土、屍體和大火後的灰燼裡，追求潮濕、陰冷和分解。

當她們走到北北吳興街284號的舊住處前，巫巫突然說起她心臟有問題，可能隨時會死。

「想到死掉，還是有點害怕，總之——」她深吸一口氣，「我想到你的工作室幫忙，我爸曾說，蘑菇是墨水的祕密。我可以幫你。而且我早上照鏡子，看起來好多了，應該有力氣賴著你一陣子。」

北北看向巫巫，她本來就蒼白，看不出來是病前還是病後。

「不過，為什麼呢？如果真要離開這世界了，還想工作嗎？」北北問。

巫巫的回應很玄：就像她，她會隨著墨水湯底的完成，逐漸掉色、磨損、消失。北北思忖，這是由於巫巫是水墨畫家的女兒，調配墨香，是對她的侵略。她心中某些部分會因為墨香的定型而被摧毀？

「那你為什麼還想幫我？」北北問。「留下什麼總比什麼都沒有好吧。」巫巫說。

於是她們約好每週五下午三點見。

告別後，北北一個人跑回家，她發現雨中夾著「藍汗」的香氣，她回首追蹤氣味的來處，騎樓有著熟悉的身影。

是安柏，他戴著鴨舌帽，穿著黑色吊嘎。北北透過雨，看見騎樓下的他。古銅色的肌膚閃得發亮，發著金光的汗液被風吹得輕輕顫動。蹄兔，茉莉，草屑，雨讓氣味搖晃。風捎來的土腥，讓逼近腐爛的花更騷撩。北北憋氣，她沒撐傘，走得飛快。他的汗味，他說著行話的樣子，因為工作而忘記她存在的時刻，都曾令她發瘋。

安柏從騎樓裡跑出，試圖替她撐傘。她在雨中說不用，她喜歡淋雨，喜歡受苦。安柏說你說什麼，我聽不清楚。他追上她的時候，已經到家門口。

「我想把這還你。畢竟是你的作品。」他從手提袋拿出那瓶「藍汗」。

經由把香水還給她，他讓她無法說出想說的話。這瓶香水已經高於她的存有，所以它並不是她的，反倒是她是它的。而且，她正處在得找出自己究竟是什麼的過程裡，她需要幫助，但那個幫她的人，不能是安柏。她又說不出口，「那是你的香水，裡面有你的心，我不要，我不要你。」

她做不到。她只是靜靜地看著安柏把香水放在鐵門下，聽他說，「我們就這樣？」

她沒有回，他這問句，完整說完應是：「我們就這樣結束了嗎？」一段關係，經由交還香水的儀式，劃下句點。畢竟香氣是他們認識的開始，如此作結也是理所當然的樣子。她無法再說一次，我不愛你，我以前愛的不過是「藍汗」的香氣。這話像是尖銳的葉片，說出來又會再刮傷他一次。她只是安靜地看著他，直到他轉身，離去，消失在雨裡成為一個小點。

「藍汗」是慾望的香氣，讓她心中充滿張力。她開始想要很多東西，想蒐集各種獵奇的香材，調配她的東方力香水。這氣味也讓她更好勝，她想繼續投AOA比賽，證明自己的香水最逼近美善。但這一切的背後，不也是驕傲嗎？她其實沒有那麼好，卻得不斷找到證明自己的證據，這讓她感到疲倦。

她正經歷著關係的死亡，經驗著心中一部分的自己死去。她盯著陽台盆景裡的黃鬼傘發呆。蘑菇說，香水有著終會消散的特質，才那麼難忘。空無，是它的神祕；死亡，是它永恆的祕密。

一週後的星期五，北北打起精神。她從古董玻璃店拖來了一口鵝頸瓶，彎彎曲曲的管柱，可以防止微生物進入湯底。

不過太重了，她只在做第一鍋湯底時會用，之後分裝在較小的錐形瓶裡。她加入葡萄萃取酒精，接著把蟲膠、阿拉伯樹膠、冰片、桂花、雪松油、麝香露，精確量好劑量，一一放進去。最後把像是藥錠一樣的白色菱形磁石丟入鵝頸瓶，墊在磁力攪拌器上，磁石旋轉出漩渦。

磁石停下來的時候，她拿出試香紙，蘸進湯底。

她的鼻孔抽動，頭向後仰，氣味充盈在鼻腔裡。第一印象是涼，像走進一間冷廟。她試著在桌前來回走動，卻無法攪動空氣中的沉滯霉味。她聞不見桂花，雪松也被壓抑在很深的基底。她想起巫巫說，蘑菇是其中的祕密。於是到陽台掰斷幾株黃鬼傘，丟進去。結果只是讓低音更沉，沒有流動感，像夜晚的水溝。

要如何轉化這氣味？她僵住了。這股如瀝青般濃稠的味道，不是被拋出來，而是像背後拖著某種看不到東西，延伸出來，加壓著空氣。

巫巫按電鈴的時候，捧著好幾株簇生鬼傘。一株株高低起伏的白色尖帽，她像是天使拿著教堂裡的燭台，下凡來這裡。

「天啊，這味道，」北北激動地接過簇生鬼傘，鼻子猛吸。「好像松煙墨。」她把簇生鬼傘剁碎，丟入鵝頸瓶。

她們都不著急，知曉得陳放幾天幾夜，才會聞出這氣味的路徑。她們也都明白，當下氣味勾出的形狀和表情並不是最重要的。真正重要的是，這氣味如何在時間裡行走，會帶來什麼樣的意義。

她們邊把黑色蜂巢紙拉鬆，鋪在紙箱的最底，邊有一搭沒一搭地閒扯。聊冬蟲夏草酊劑蒸發了嗎？聊不小心踩到雨後巷子裡的蝸牛。她們之間時常沉默，不過那沉默是有孔隙的，是輕盈乾爽的，並不悶。

不久窗外開始下雨，飄來土壤和新鮮草木的香氣。電話響起，黑貓的貨車已停在巷口。北北腋下夾著傘，拿著貨走出去，紙箱多到蓋住她的臉。巫巫空手，她總說身體不好，貨很重。她未撐傘走出門，此時雨似乎小了許多。

「你看！」她蹲在路邊，有一片白花花地，螞蟻緩緩地走，雨落在樹葉上，她指著兩株拳頭大的蘑菇，看起來硬邦邦像是石頭。她說這叫做馬勃，乳白色的是初生的，褐色是成熟的。她戳了一下成熟的那顆，它噴出一股煙霧狀的細粉，像是古董香水瓶的氣囊。

粉末隨風飄散，巫巫說那是孢子粉，由於萌芽機率很低，真菌釋放億萬個孢子提高生存機會。巫巫像個書呆子一樣說著蘑菇的各種知識，北北專心寄貨，確認每個箱子的名字電話地址，漸漸把巫巫的喃喃當作背景音，等到貨車開走的時候，雨已經停了。

北北轉頭，巫巫已不知去向，只剩角落那兩株一白一褐的馬勃菇。

巫巫到底是什麼人？北北能確定的是，她是對生命有熱切追求的，有行動力，想去哪便真的去。記得巫巫有次稱讚她，「北北，我不懂你為什麼會心情不好。你那麼好。」

「哪裡好？」北北反駁。巫巫想了很久，說，「認識我很好呀。」

那時北北想，真衰，是否因為自己缺愛，所以吸引自戀的人？說得好聽一點，巫巫是她被愛的版本；難聽一點，是自戀的版本。並且這份自戀還十分特別，期待所有人都與她一樣自戀。

當天色出現帶灰的藍綠，她才意識到已是傍晚，該去全聯買菜，準備晚餐。全聯的自動門開，她在右側果菜區看見熟悉的背影。瘦瘦高高，穿著灰色襯衫和燈籠褲，頭髮灰白，是康老師。

北北回想，最後一次諮商並沒有想像中愉快，康老師還是抱著希望，希望他們可以繼續談下去。北北說，如果要繼續，多少要有愛的成分。但她沒有辦法愛他。她坦承，康老師在她心中死掉的時刻。某次她送給他一瓶旅行小香水，康老師收下時說會好好用它。一個月後，北北卻在沙發等待區，發現那浮雕著BEBE的香水夾在書架裡，瓶蓋轉開，標籤貼紙被撕下。香水是她的心，而康老師卻沒她想像中在意。

康老師只是說，為什麼現在才說呢？如果他足夠敏銳，發現了她的在意，這份關係或許有機會彌補。所以他還想再談，不想關係停在這裡。

他想，她不想，他的想要，代價卻是她的錢、她的時間、她的心碎，更讓她不想了。

故事都是這樣的，衝突過後，會換來親密。而她不想與傷害過她的人如此靠近。康老師為什麼不主動發現呢？要她說，他才會改，這份關係註定虐心。

她理想中的告別，是彼此都接受這個決定，可以好好說再見，還有餘裕互相感謝。不過她卻從未經驗過。和安柏沒有，和康老師也沒有。她早一個月預告了康老師，再談四次他們的關係便要結束，康老師是知道的。可是最後一次談話，康老師卻好像一直在挽回和解釋些什麼。他說想繼續。他並沒有尊重她的決定。他不理解，她能多麼精準地來，便能多俐落地走，怎麼說也沒用。

現在她看著康老師的背影，深吸了一口氣。如果所有的偶遇背後都有意義，那此時，老天或許是希望她經驗虐與被虐之外的可能。

「康老師。」北北從後側輕輕點了一下他的肩膀。康老師肩膀跳了一下。

「北北，是你呀，你之前一直幻想有猩猩。現在好了嗎？」康老師脫口而出。可能是太意外，還沒回到受過訓練的心理師說話模樣。

「哪有幻想，真的是動物園裡會看到的紅毛猩猩。」北北雙手交叉在胸前。

「現在我們沒有繼續談了，你講話就這麼直接喔？」

她想起諮商的某些片段，她曾卡在懊悔的情緒裡，不斷重複自述殺了猩猩，康老師的反應卻有點煩躁，他說不是已經講過了嗎？他不允許她一直鬼打牆。她有時候會想，康老師這樣反應，應該去當志工，幹嘛還收她錢。

「沒有沒有，關心你一下。我有點不知所措，我們竟然會在這裡遇到。」康老師說。

北北雖然生氣，但還是更新了近況。她說到了巫巫，說巫巫是蘑菇專家，啟發她許多，讓她決定去採集對她真正重要的東西。她也說到和安柏關係的結束，還有香鬼。她常想，人與人的關係沒有永恆，永恆的唯有流經身體的香氣。

「流經身體的永恆香氣，聽起來好抽象。」康老師說。

「你想不想來我工作室聞？」北北講到氣味，臉上浮出一瞬間的熱情，剛剛的不快全忘記。「就在附近。而且我剛好買了一些乾燥羊肚菌，配麵吃應該很夠味。」

康老師眼珠子緩緩地轉，露出正在思考的樣子，他沒說不，也沒說好，只是跟著北北拎著袋子，走出全聯。等紅綠燈的時候，北北聞到一陣人蔘的香氣，循著味道找，在灌木叢下的落葉堆裡發現一隻竹節蟲，她壓著蟲子的頭胸，將鱗翅拉起來，閃爍中人蔘的氣味越來越濃，北北看著翅膀中像是長了纖毛的毫光。

「康老師，遇到你很幸運呢。平時回家，我從來沒抓過竹節蟲。」北北說。康老師只是發出煮沸滾水的聲音，鼻子像音叉共振的嗯嗯。

「我想了一下，還是之後再去好了？」康老師停下腳步。

「現在是現在，之後是之後，康老師，你不用這麼委婉地說不。」

「我知道這樣說不太好，我主要是關心你，想知道你說的巫巫在哪裡？」康老師說。

「什麼哪裡。給你看巫巫和我的照片。」北北滑著手機的相簿，卻怎麼找都找不到一張合照。康老師露出早知道的表情，然後他繼續問了很多關於巫巫的問題，譬如長什麼樣，現在在哪裡。

「她現在出門去採蘑菇，到底要講幾次。」北北有點生氣，覺得康老師發什麼瘋，一直問，好像他說安也是她幻想出來的那樣。明明都是真的。

「你是不是還要去別的地方買東西？」北北說。

「沒關係。」康老師的眼睛又笑出一個彎。「我是真的得去買點東西。」他說。

北北本來有機會得到康老師的理解，卻一次又一次地錯過。她感到十分孤獨，她知道自己需要幫助，那個人不會是康老師。

安，安柏，康老師，這些曾經親密的獸與人，與她越來越遠。一直以來，對於世界，她只能選擇服從和對抗，背後都是被控制，她都不想要，卻又逃不掉。

每週，她期待著巫巫的到來，和巫巫相處，至少讓她知道自己是在一個可以獨處，也可以交朋友的狀態。她並不孤單。她打掃著工作室，把所有香材擺放整齊，所有玻璃瓶擦拭乾淨。調香是她的選擇，她活著的方式。她日復一日做著同一件事，從不會感覺枯燥，氣味裡有股像竹節蟲一樣，薄細的靈光召喚著她。

盼到週五，門鈴響。巫巫戴著灰色編織毛帽，提了兩個袋子，一袋是北北也知道的簇生鬼傘，另一袋是她沒見過灰白色菌傘，佈滿粗毛，有點像是小拖把，有幾株菌傘張開，並從邊緣開始向內捲曲，潮解，滴著墨色汁液。

「沒看過吧，毛頭鬼傘。」巫巫回應了北北的好奇。她把咖啡桌上的瓶瓶罐罐挪開，清空桌面，從層板上把需要的工具：小刀、滴管、燒杯、漏斗、簡易量秤，統統拿下來，整齊地放在桌上。她的動作專注、俐落又安靜。

北北站在一旁，她的身體被某種氣息沾染，變得服從而謙卑。她不想打擾此刻虔誠的氣氛，放輕腳步，把調香桌下已陳化好的鵝頸瓶拖了過來，裡頭的液體呈現混濁的咖啡色，香材已完全癱化於高濃度的酒精。

巫巫把鵝頸瓶拉到桌子正中央。接著用小刀把毛頭鬼傘切成小塊。她秤著毛頭鬼傘80g，簇生鬼傘240g，那份篤定，像是翻過古香譜，知道要用1：3的比例混合。她指示北北，待會你上樓煮水，混合好的蘑菇要放入鍋中熬煮幾個小時。冷卻後，絞碎成麵糊狀，進烤箱烘乾，研磨成細粉。最後再丟進鵝頸瓶裡。

「你怎麼會呀？」北北說。「我以為是直接磨碎乾燥的蘑菇。」

巫巫手撫著心臟，她臉上浮著細小的汗珠，看起來像是發燒，她沒回答北北的問題，只是說，「有時候死掉也是一種選擇。」

「你不要在那裡悲觀啦，死掉是不選擇好嗎？」北北沖了兩杯黑咖啡，放在桌上。

「你動作快一點，沒剩多少時間。」巫巫把咖啡杯推遠，她說會心悸。北北不以為意，平時巫巫也幾乎不怎麼吃喝。北北捧著混合好的蘑菇上樓。

下樓時，滿屋子蒸騰著蘑菇的鮮香，房間卻空蕩蕩，巫巫已經不見了。

北北看著角落的鏡子，只見自己。

咖啡桌上，只有一組咖啡杯。她拉開鐵門，門口更只有一雙涼鞋。她跑了出去，問隔壁咖啡店的店員：「最近，你有看到一個戴編織帽的女人來嗎？」

「沒有呀，只有你一個人。」店員沖著咖啡說。

「不可能吧。」北北又跑回去。她想過再也不會見到巫巫了，但不是現在。

濕濕的腳印自門口被帶進角落，從樓梯的角度看過去，調香桌下躺著一頂墨水帽，她認出那是巫巫的灰色編織帽，帽子的皺摺有如蘑菇菌傘的脊狀突起。她把桌子推遠，黑水蔓延，墨汁滲入地板。巫巫的生命，剛經歷了一場劇烈的潮解。

巫巫這晚並沒有死，應該是說，她早在九年前就死了。筆電亮白光打著北北的臉，當她在搜尋欄打下：巫芝玲、冬蟲夏草、喜馬拉雅山，一則報導跳了出來。

二〇一二年七月一日　記者馬君宜報導

暖化扼殺冬蟲夏草，尼泊爾攀高採集，台灣少女不幸墜谷離世

冬蟲夏草在亞洲有著豐富的藥用歷史，近年卻傳出產量枯竭的絕種危機。

蛇形蟲草屬演化後以活昆蟲爲食，孢子在冬天發芽，菌絲體長滿蝙蝠蛾幼蟲全身，到了夏天，棒狀子實體從毛蟲頭部生長並冒出地面。往年在海拔四千公尺左右便能採收，今年因全球暖化，冰川消退，菌種生長不易，得爬到四千五百公尺上，才能挖到冬蟲夏草。

今年六月，一名來自台灣的婦人，陪同二十五歲愛女，遠赴喜馬拉雅山，一圓愛女的採菇夢。未料，採集過程中，巫姓少女意外跌落山谷，傷重身亡。

喇嘛正在爲傷痛的母親祈福，她懷裡抱著女兒。母親對喇嘛說，女兒從小喜歡採蘑菇，她的夢想是當一名調香師，做出她的蘑菇香水。可惜要等來生了。

（照片上是巫巫的臉，她頭戴那頂灰色的編織毛帽，手中捧著剛挖出的蟲草。）

巫巫唯一留下來的東西是鬼傘菇粉劑。一加入湯底，先前的冷廟和水溝感全不見。浮上來的是一種神祕的灰，像是石頭，多孔的石灰氣質。北北第一次聞到如此微細又極富層次的味道，煙霧狀的粉感，像是巫巫戳著馬勃菇的嗅覺縮影。她想把這味道裝入袖珍古董香水瓶中，隨身攜帶。只要她想，可以擠壓氣囊，隨時讓巫巫在皮膚上活過來。

氣味撫摸著她。兩個念頭在她心中拉扯，她想任這氣味擺佈，臣服於它。她也知道這樣不行，她得讓心靈高於氣味，才不會再經驗一次「藍汗」帶給她的種種。於是當前調一過，她決定開窗，不獨佔這香氣。

微風相繼而入，桂花和雪松浮上來，墨香幽微，藏在最底。她閉上眼睛，這氣味像是一條夜晚河流，裡頭有靈光熠熠。滑順的黑。洗鍊的黑。泛著光澤的黑。

墨水的香氣，持續了好幾個星期。這場沒有盡頭的氣味表演，吸引了許多香民和路人圍觀。有人說聞起來像是黑道千金，迷魅中帶著稜角，不斷猜裡面到底住了誰，正在玩什麼把戲？

門鈴急躁，她不回應。她發現與巫巫的別離，帶來了一份禮物。她喜歡墨水的香氣，並且再一次透過這香氣，喜歡上擁有它並且分享它的自己。

06

光苔

Lumos

我多麼想要見到光苔。那會是什麼樣的氣味呢？一直以來，喜歡苔蘚，喜歡它的果香和潮濕泥土味，喜歡到把橡木苔作爲香水的湯底。可是我想像不出光苔的味道。

資料說，小島森林裡有它，穿越無數個水峽後，會發現一個樹穴。因爲難得有陽光照射，在洞穴裡，葉子構造是奢侈的，於是苔蘚變成一層薄薄的綠絲，在潮濕的泥土表面上交錯發光著。葉綠體集合成的光束，讓陰冷的洞穴變成了地下舞廳。太陽能轉化成電子流，陽光變成糖，人們一邊讚嘆光合作用的電子傳遞，一邊將這洞穴裡的綠絲叫做：光苔。

香民說我的香水是Fougère馥苔調，無需費力氣拼湊意義，便讓人知道，我來了，是我。苔蘚是我肌膚的氣息，而我卻還在努力拼揍關於它的語言。要怎麼說，才能接近它的本質呢？若親眼看見光苔，或許就逼近唯一了吧。

北北把這些都寫在筆記本裡，關於苔蘚的種種。喜歡生活在邊界的苔蘚，在陸地和空氣之間，依水而生。而她常常想，如果伴侶也是植物的話，大概會是蕨類，與苔蘚相鄰，卻多了維管束。可以讓她躲在葉片下，不管其他。

今天是北北的生日，她和已同住的香鬼，正在一艘船上。北北在甲板上抱著筆記本閒晃，她總覺得搭船去一座小島，是為了逃離，逃離她與安的記憶、與安柏的婚姻、她的生活方式等等，現在想逃卻逃不掉，往事異常清晰。一直以來，苔蘚是香水圈辨識她的簽名，她也相信著苔蘚是她的靈魂植物。她寫過太多關於苔蘚的種種了，多到連平時淡漠的香鬼都開始好奇，偷看了她的筆記本，知道北北想來到苔蘚之森。

苔蘚之森位於太平洋南方海域的一座小島，島上保存著原始森林，有許多樹齡數千的古樹，因為偏遠難到，砍伐困難，也因而孕育著各種神靈野獸。她整日滑著手機裡的照片發愣，水峽，苔蘚，發著翠綠光的石頭，雲霧鑽入石間的縫隙，她光是看便能聞到一股幽香，悠長的線條，勾著她前行。

船身搖搖晃晃間，與這傳說中的小島逐漸靠近。風比想像中的大，帶著水氣，船長說颱風要來了。香鬼一點也不怕，站在甲板上，霧氣讓他身體的輪廓有些模糊。一陣狂風，香鬼的長髮黏在北北的臉上，她又靠他太近了。

香鬼訂的飯店在港口旁，上了一個小坡便會看見白色的建築物。跟他出門，往往都是住最低限的民宿或是青旅，北北第一次看他訂這麼好的飯店，她想，大概是生日禮物吧。房間旁是一大片面海的落地窗，海水是琥珀黝綠，她從未見過這樣的綠，帶灰透金，有種濃稠的質地，好像要把某種古生物給包起。浪打上爬滿海藻的石溝，滲入縫隙，她也感到了一絲涼意。

要不是有他，我一個人上山採集苔蘚會有點害怕。聽說這裡的山一走進去，像是走進沒有光的攝影棚，唯有苔蘚發著螢光向人招手。當爬得越來越高，我不確定自己還有沒有下山的理由。

北北挨著床頭寫，面對窗戶，風帶著力道，相繼吹來，她浸泡在斷而復續的思緒裡，而香鬼已經走到窗外的小露台，瞭望大海。

「能這樣說走就走真好。」香鬼坐在籐編搖椅上說。「每次搭船，我都會想到我媽帶我去跳海那天，但今天一點感腳也沒有。」香鬼說。

他每次都喜歡把感覺發成感腳，北北也常學他這樣說，聽起來蠻可愛，像是把感覺延伸到腳趾頭，也多了點睡覺的那個覺的意思。

「我最近很常夢到她，她坐在椅子上剪指甲，頭髮超長，都可以垂到地板的那種。房間裡只有喀喀的聲響，某個瞬間，她突然發現躲在棉被裡的我，然後把我抓起來說：『你希望我早點死掉吧，這樣你就可以去美國找你爸對吧。』我不敢說話，只是安靜地哭。」他抿了一下嘴，「比較奇怪的是，醒來後，我一點感腳都沒有。只是全身僵硬，像顆空心的石頭。」

「欸，我也常想，你媽真的沒愛過你嗎？」北北問。

「我想要什麼東西，她從來沒給過我，像我一直很想出去走走，去哪都好，她會說出門花錢，而且，怎麼走都離不開她的，即使她死了也一樣。」

「所以你才常半夜爬牆，為了能躲在教堂嗎？」

「你到澳門一定要去，翻牆進教堂很好玩。而且附近有個小山洞，裡頭有很多苔蘚。」

「是光苔嗎？」北北興奮。他依舊不答，不說破，只想讓她一直好奇。

快正午，天空中的雲層變厚，陽光躲在後方，波光隱晦，只聽得見浪捲起來的聲音。他們換上登山褲、防水外套，帶上登山杖、採集盒、銼刀和湯匙，還有飯店替他們準備的登山便當，出門。

公車在山路上搖搖晃晃，玻璃窗起霧時，終點站「文杉」也到了。文杉聽起來像是一個很老很老的男人，老到引人朝聖。年齡聽說有七千，也沒人敢確認，畢竟沒人活過樹的時間。登山口有個長髮男子，拿出一張摺疊起來的地圖給北北，他用很破碎的英文說：「颱風快來，風雨太大時請回頭。」長髮男子不知他們的目的地並不是老杉樹，而是洞穴裡的光苔。他們只是微笑說謝謝，很快溜進山徑裡。

一踏進森林，他們感覺到的不只是溼滑，更多的是黝暗。不過，這座山的黑並不讓人害怕，因為地上的木頭、路旁的土坡上都長滿著蕨類和苔蘚，暗裡綠光點點，螢光目眩。

螢光是釋放，是從一個位階降落後，釋放出的冷光。

北北默背著寫在筆記本裡的句子。

山徑陰冷，他們彎身跨過樹的氣根，像是穿越了門。此時周遭都是原始森林，潮濕土壤上是半透明垂懸的孢蒴，發著綠光的蒴壺彷彿在招手。北北以為看見光苔了。香鬼靠近看，指著土壤上花形的葉子，還有齒狀的葉緣，她才知道剛剛看到的是金髮苔。

沿途經過水峽，踩上黏濕的石頭時，北北踉蹌不穩。香鬼反應很快，扶了她一下。他對她笑，笑裡沒有一絲賊，而是像花托那樣輕輕把她撐起。到現在她還不是很明白，喜歡苔蘚和喜歡香鬼之間的關係。

苔蘚沒有維管束，水生與陸生之間的過渡植物，原始，依水，渴望離水獨立。每次一長高，多看見了一點遠方，但是纖細的莖部無法支撐重量，苔蘚又回到潮濕的石面上，躲在蕨類間的縫隙裡，在空氣和土壤的邊界，看著雲飄來又飄去。

北北想著筆記本裡的內容，香鬼也像是孢子飄來飄去，從澳門飄到英國，再來台灣，現在又跟她飄來這個太平洋上的小島。為什麼一個異鄉人會待在台灣那麼多年，是因為遇見了她嗎？北北不敢這樣想，大概是他發現台灣有豐富的生態系可以萃香吧。記得剛認識香鬼的時候，他說他在英國讀書時，開始看一些萃香書籍，他說那塊土地很有巫性，他雖沒拜師，便也很快學會了操作梨型分液漏斗，從冷榨過的蘋果皮分離出純精油，並用濾紙過濾雜質。胭紅色與透明分層，好像當地救護車會放的花精與彩油，還多了些意想不到的香氣。本來他還在思考未來要做什麼工作，萃香後的他很篤定，他想當萃香人。這樣無論腳踩在哪裡，腳下都有氣味飄起。

香鬼的母親是中醫師，和北北一樣，對植物有感情。她寫了一本書，是關於植物的藥用價值，每頁都有他母親的手繪線稿，描出花的形狀和草的線條。北北一直不解，這樣有才華的女性為何想帶著孩子去跳海？或許跟他父親喜歡捻花惹草有關。香鬼的父親以前在小劇場當演員，雖然錢不多但還算出名，長得俊俏又談吐幽默，得了許多女人緣。至於他們怎麼認識，又怎麼結了婚又離，北北也不太清楚，只知道最後他把香鬼和他哥送去英國寄宿學校，自己跑到美國公路旅行。聽說浪子回頭後，他也去考了中醫執照，在美國開了針灸診所，生意好得不得了。他父親為了彌補虧欠感，常匯錢給香鬼和他的哥哥。香鬼沒有拒絕，他覺得怎麼樣父親都比母親好，沒那麼可怕。

雨被風帶起，飄上，又斜斜地下。香鬼走在北北前面，他好像知道方向似的，走得飛快。北北剛拍完一張苔蘚的近照，抬頭時，香鬼已成為一小點。

北北沒有跑，照著她的速度慢慢走。反正他們之間常常出現這樣的空隙，他需要獨處，而她在這樣的縫隙裡思考他。應該說，美化他。北北想著香鬼真是品味很好的人，喜歡的地方都有點廢墟氣質，但他不會帶北北去鬼屋，而是來到這樣生機蓬勃的原始森林。她也想著跟香鬼的旅行，總是會有尋找，有萃取的目的，能跟在香鬼身邊學習，是她的幸運。

忽然，雨捎來一縷香。輕幽的綠意，是她從未聞過的香氣。氣味的世界是這麼直接而暴力，張開眼時，可以選擇看什麼不看什麼，鼻子卻無法，只能任其撲鼻。她跟著這股幽香，前進到森林的更深處。

那股氣味讓北北回到自己，回到「我是」的狀態裡。她一直放大香鬼的美好，忽略他的缺點，忘記了她也是有天份的調香師。香鬼萃取的香材能用在北北的香水裡，也是他的幸運。她是一個這樣的人，常常行動比思考快，一直在做。他要她為他準備登山杖和銼刀，她照做，煮飯洗衣，也照做，像是照顧一個大孩子。一直沒想她為何要做，還有她的感覺是什麼？香鬼被母親帶去跳海的悲慘童年吸引著她，她忘記自己也是有媽媽的人。

不知走了多久，雨越來越大。北北走過被打濕的樹葉和碎石，腐土的有機氣味飄散在森林間，沒有路，她只能依賴嗅覺辨認路徑。登山口那個長髮男人塞給她的地圖，已被雨水浸潤，攤開是模糊的紙漿和棉屑。她也不知道自己在哪裡，更不知道香鬼去了哪。他真的不會等嗎？越想越慌，北北背的單眼相機早已在肩上壓出紅痕。從登山包側袋抽出水壺，想喝口水休息時，樹叢發出了沙沙的聲響。一雙小鹿的眼睛正盯著她，牠正觀察著她這個闖入者。在森林裡，她成為被看的人。

小鹿奔跑，她試著跟，卻怎麼也跟不上，只聽見毛皮摩擦樹葉的沙沙聲。她的汗隨雨水從睫毛滴下，停下來喘氣。想擦把臉，只是身上所有東西都已濕透，指頭也泡皺。而她無所謂了，要跟山林融為一體，才會看見想見的東西。

幽香最濃烈的地方是在一棵巨大的杉樹下，那杉樹高得看不見天際，霧氣瀰漫，她看不見任何路的痕跡。人說山很危險，指的應是現在這樣的時刻。

目的地是這裡。樹的氣根圍出一個小洞穴，她得趴在地上才能觀察一切，像是苔蘚，生活在土壤和空氣的邊界。先是看到蘑菇群生的小聚落，從樹幹的潮濕縫隙裡冒出來。想到蘑菇，她的身體抖了一下，起了雞皮疙瘩。雨水打在她的背上，白色的防風外套也已沾滿泥濘，登山杖被泥土覆蓋，失去了不屬於這森林的金屬銀色。雨越來越激烈，她一直在等待這樣的時刻，被這森林給浸泡，讓苔蘚爬滿身體，成為這座森林。

每次調香時，北北會思考，現在是處在哪種拼配原則？均衡，強調，律動，支配。均衡是香材平均分配，適合調睡香；強調往往是要突出某一個氣味的表現，譬如想要一朵藍玫瑰，那會以大比例的玫瑰來強調主題，再加上調香師心中的藍色香材，可能是海洋調也可能完全出於想像；律動則是兩種以上的香材對話，不一次把所有香材料加完，依照時間來調配，苔蘚一滴，柑橘一滴，苔蘚一滴，柑橘再一滴；支配呢，理想的狀態是像敷面膜，香水結構穩定後加入某個氣味，讓氣氛更水潤又不破壞整體。如果調壞了，會像是遇到地震，因為某一香材太過強勢而造成結構上悲劇性的崩塌。

此時此刻，是律動。雨水一滴，再靠近苔蘚一點，雨水再一滴時，肩膀已貼住樹的氣根，只能瞇著眼看看洞穴深處。她瞥見角落有光絲在閃爍，綠綠的，一閃一閃，伴隨著濕氣。是光苔嗎？當雨氣捎來的土腥感隨光點逐漸撤退，鼻翼充滿更發柔軟的清香，她的鼻孔撐開。她說是的，這是光苔。她激動地想疼愛每一秒的香氣，捨不得呼氣。

背包裡有銼刀，不過，似乎不需要了，她採集回去浸泡又如何呢？只需用鼻孔記錄這一切，陰涼的洞穴聞起來像是原始地窖，半透明的綠絲閃動，有種女人在古墓練功突然發出冷汗的氣息。冷光正在釋放，忽明忽暗。眼前這些真實的細節豐富了她的幻想，香水湯底是否真的浸泡光苔，也沒那麼重要。她常常說，香水的生命在時間裡，有自己的青春、輕熟和老年。所謂美好的一生，便是在不同的生命階段，皆能散發自己的美麗。如今在洞穴裡，時間展開的是流光，光在洞穴的壁面上搖晃。因為無數的巧合，剛好的土丘，縫隙，洞穴的角度，她與光苔才能相聚在此時此刻。

洞穴最靠近天空處，她看見了光苔垂懸的孢蒴，極小的囊，細細的蒴柄，窄葉對生在下半。卵子一直在等嗎？終於等到了精子，無條件地接受，形成了孢子體，等待風，將孢子拋出。

香鬼找到她的時候，雨已經停了，北北正橫躺在地面的樹幹上休息。

「我找你找很久。」香鬼說。他看起來蠻狼狽，濕透的衣服緊貼身體，全身都泥巴。「找到了呢。」他繼續說，接著打開採集盒的蓋子。

裡面是不再發光的光苔，青綠色半透明的絲線躺在白盒裡。他採集得很完整，原絲體上有難得的葉芽和孢子體。不聞幽香，更多的是雨後的土腥。香鬼像是找到寶物的大男孩，看著採集盒裡那終於屬於他的東西。

「躺在樹上看著天空的時候，一直在想，我對你來說，是不是比較好的母親而已。」北北說。

「你幹嘛，幹嘛現在說這個？」他臉色一沉。

「因為你從來沒有說過，到底喜歡我什麼。我好像要努力，才能得到你的一點稱讚，哪怕是稱讚香水也好。」北北踩著泥濘下坡。

香鬼沉思了很久，嘆了一口氣，這問題好像令他很困惑。「小時候，我每天都在期待過生日，因為那是唯一一個時刻，我想要吃蛋糕，我媽會買給我。吃蛋糕的慾望有被她肯定。」他撐著登山杖，邊走邊說。

「我小時候逃不了，也沒辦法不愛媽媽，只能一直去討好她，但……，當我發現再怎麼做，都沒辦法讓她快樂時，我就崩潰了。所以我很討厭小孩，當個小孩太難了，哪像苔蘚，一陣風，孢子就可以離開原生洞穴。」他繼續說。

香鬼勾起她的手，他牽得很鬆，隨時都可以解開的鬆，好像是在說，人可以同時擁有關係還有自己。北北想著，香鬼是否因被她刺激才表現親暱，她只知道在他面前，還不敢完全說出自己的想法，現在有這樣的對話已經是極限。她也還沒說，看見光苔不一定要採，只要記住那個氣味，用其他香材去拼揍那個輪廓就好。

苔蘚爲了保持濕潤，常躲在其他植物庇蔭裡。氣流慢下來，水分蒸發得慢，在濕氣帶的邊界裡生長。傍晚陽光熱氣散去後，石頭開始凝結水珠，苔蘚因爲小，得以融入邊界，依靠露水生存。因關係而滋潤。我也是這樣子的，離開了關係，我也會失去自己。

回去的路上很快，杉樹上的苔蘚掛著水珠，像是晶瑩剔透的聖誕樹。她聞到潮濕綠意中，有著尖銳金屬感，她張開眼睛，發現是來自刺型葉子和鱗片。她感覺頭有點暈，森林中無盡的皺摺，好像要把她的靈魂拉入大地的子宮裡。不過，這一切哪怕都是幻覺，她也是心甘情願。

走上柏油路的時候，還看見登山口的長髮大叔正在用銀色長夾撿拾落葉。北北很興奮地想跟他說嗨，但他似乎沒看到，還刻意迴避她熱切的眼神。或者這位大叔在賭氣，他說颱風來了要小心，結果現在是雨後的風光明媚。香鬼說，北北太在意陌生人的情緒，這樣要怎麼一個人獨立。

苔蘚是第一個站上陸地的植物，演化上是介於藻類和蕨類之間，在水生與陸生之間。一生的課題，不，應該是說，整個物種的課題在於如何能離水而獨立。還無法做到時，苔蘚只能改變自己的形狀，仰躺在空氣和陸地的邊界，把葉片拗成湯匙形儲存水滴，唯有要繁殖時，才讓孢子體伸出邊界，進入風的亂流裡。離開，繁衍，越遠越好。

北北想著她在筆記本裡寫的句子。她寫了太多也寫得太用力，幾乎可以背起寫過的一切。

「你覺得我像不像苔蘚？」在公車上她問香鬼。

「苔蘚那麼多種，如果說很依賴的話，是有點像。」香鬼看向窗外。

「跟你在一起之後，我好像比較能跟人類相處。」北北呼出的白煙，飄到窗上，凝結成一團霧氣。

「我每次跟你在一起的時候，會覺得好像快要失去你了。」香鬼說。「後來我想，這種感腳通常是出現在我愛上一個人的時候。我腦中會先預演失去的模樣，這樣如果你真的離開我了，我也不會那麼心痛。」

北北沉默了很久，「我好像也是這樣，離家上台北創業時，還有跟安柏分開時，都很狠心，早在心裡演練過無數遍。」

「你對自己很嚴格。」香鬼說。

「我們好像很難得說這麼多內心話。」北北繞著她的髮尾。

「是因為安靜時，我感腳自己看起來比較酷，比較聰明，有時候我講話其實很粗俗，怕破壞了我在你心中的形象。」香鬼揮著他的長髮。

「長髮酷man這種形象嗎？」北北噗哧笑了一下。

「不過我覺得，我們之所以會在同一陣線，不只是因為香，而是因為我們都曾經痛苦地離開原生家庭。」北北邊說邊打開登山餐盒。

「記得我決定跟你同居時，我媽知道了，還請師父來家裡燒草藥，說女兒中邪了，怎麼會願意跟陌生男人蝸居一處。我爸到處跟別人說，很後悔生小孩，養狗都比較有用。」北北說。登山餐盒裡有餐巾，梅子飯糰，和一瓶可樂。她肚子真餓。

「你爸媽真討厭。」他說。口氣不冷不熱。陽光打在他的側臉，有種半透明的光感。北北想他說真話的勇氣，對人還是對於萃香，是她義無反顧踏入關係的原因。

回到飯店的時候，夜色已蓋了下來，北北斜靠露台欄杆，面向黝黑的大海，狂風讓海面折射的波光顯得模糊，水氣穿過身體。她聽著風拍打窗面時，出現砰砰的聲音。她想著這個地方，一直是她那寫滿苔蘚筆記的指向。光苔的家鄉，是她一直嚮往的遠方。不過，所謂遠方，也意味著要有家吧。

香鬼正在浴室放熱水，熱氣在窗面凝結成霧氣，一股帶鹹的柔軟綠意飄來，喚醒了她腦中沉睡的某個部位。一張紅毛猩猩的臉浮起。

好幾年了，她都沒有想和香鬼說那些過往發生的事情，不想說破，她做過最狠的事，是讓一隻紅毛猩猩死去。

不過，香鬼的人生故事很迷幻，他剛好也自我中心，話題繞著他，生活繞著他，無需她放映過往的時光讓他吃驚。

飯店點了燈，昏黃的光源亮著海面。他們在房裡聽著海浪拍打礁岩的聲音，低沉有力的砰——嘩——砰——，把時間撞成碎形。一波波浪沖上長滿綠色海藻的石面，滲入石頭的縫隙，幾百年來，一天又一天的重複，才鑿出了槽溝。她開始想，人是什麼樣子，是來自不做什麼事，像是香鬼不調香，那他萃香人的本質才立體起來。香鬼總是那麼立體和堅固，知道自己要什麼，不要什麼，顯得北北在關係裡是比較脆弱的一方。她並沒有渴望要比他堅強，只想找到一個有維管束的庇蔭，讓她得以貼著地面休息。他們的融合沒有界線，香鬼變成了她的一部分，而好一陣子，她變成了沒有她。

這說來很弔詭，她想成為苔蘚那樣樸素又依靠環境的存在，喜歡有機體為彼此付出，允許對方利用自己，共生的愛讓她不再需要戰鬥和競爭。而光苔的氣味又讓她記起她是誰，提醒她何謂邊界。

推門走進浴室的時候，香鬼背對著她，他正在用毛刷刷著光苔的縫隙，碎葉和泥土掉了滿地。

「我有時候覺得，不需要真的去採集植物，聞到那個味道，記起來，再想辦法拼配更重要。」北北溫柔地說。

「總是要有第一瓶，不計成本手段完成的味道。之後你要怎麼做，怎麼大量複製還是降低成本都可以。」香鬼轉過頭。「而且呀，你可能以為光苔本人就是這股微鹹帶烏梅感的青草香，萃取後可能會多了點白花香，那才更奇幻。沒經過浸泡、蒸餾的植物，總少了一點細節。」他把光苔放入浴缸。

光苔浸泡了水後，原本因為乾燥而捲曲的原絲體舒展開來，像是濕潤的半透明水草，從某些角度可以感受到微弱的螢光。香鬼把唯一一個有垂懸孢蒴的光苔給她。蒴帽是細長的圓錐體，有幾秒視線感知到的輪廓是鳥喙。「生日快樂喔。」

「你說生日快樂，一定要這麼瀟灑嗎？」北北用孢蒴搔了搔他耳蝸。

香鬼親了她一下，把她抱到床上。突然而來的激情，讓她有點不知所措，於是轉開電視，試著讓意識飄出身體。螢幕上正播放著衛星雲圖，是細緻的灰階，逆時鐘旋轉的風暴正靠近這圓菱形小島的上空。環狀雲包圍著中心，對流強烈。他攫緊她的胸部，像是握著一瓶屬於他的香水。他觸摸著她身上所有的突起，鼻子，耳垂，乳頭和陰蒂，讓她的陰核腫得跟孢子囊等大。她任他的鬍鬚刮痛皮膚，任他擺佈。她清楚明白他喜歡她這樣柔弱的狀態，喜歡她像隻小動物那樣地依偎著他。他們的頭髮纏繞，一起喘氣。性是他們最靠近的時刻，進入內心的內心。

海浪拍打露台，帶著雷電的風暴仍在螢幕的粗顆粒上旋轉。北北說不出完整的句子，腦中閃過的是調香的原則。均衡。強調。律動。支配。現在是律動後的徹底支配。香鬼完全支配了她，因為他的誘引，讓潛藏在她個性底下的微光湧起，泛起屬於她的香味。他是這麼說的，帶著五月玫瑰蜂蜜感的乳香。

平時北北不穿香水，穿香水影響工作，她如果穿梔子花的香水，那燒杯裡的梔子花她便會聞不見。現在她才知道，唯有高潮的時候，她肌膚上的氣味才隨著顫抖而浮起。香鬼陶醉於征服的錯覺，而北北心裡想的是，他有一天會為了征服某個氣味而犧牲一切，那一切當然也包括她。而她卻沒能力說不，說我是調香師，理應是我為了美犧牲真實。

「你去抽菸好了。」她把他的頭推開。「或出門走走，把我拋下，這樣才像你，走得遠遠的。」

「現在不想。」他的頭抵著她的大腿。他總是這樣，到遠方尋找家。在這個小島的面海房間，她與他的身心無比靠近。她剛認識他的時候，也曾經如此靠近過，她不願多想後來是哪些生活上的小事，讓她很久沒再進入香鬼之心。現在兩顆心待在一起，沒有遠方也沒有家。

那晚北北睡得很淺，夢裡是香鬼把她和他的性變成攝影展。他的媽媽去看了，而她也去了，她們在一張照片前相遇。那張照片是內褲被褪到膝蓋，雙腿張開。他的媽媽跟她握手，送給了北北她繪製的植物圖鑑，然後說，你也有擦指甲油？她看向自己的指甲，紅色的指甲油脫落一半，殘破不堪。

驚醒。風拍打窗戶的力道越來越強，砰砰的聲音越來越響，暴雨，颱風要來了。北北看著熟睡中的香鬼，想著初識時，有段時間，他從每個月訂一瓶香水，進展成每週寄一瓶香材送她。還記得第一瓶是肉豆蔻，猩紅色的原精，麝香堅果的氣息，乾燥的溫香讓北北每晚像是抱著小獸入睡，好似誰也不曾離開。她被香鬼萃取的氣味迷惑，工作室一人也忙不過來，跟萃香師在一起至少原料不是問題。一瓶又一瓶，野花爛漫，鷹爪花蕾絲，凌厲白芷，木土蒼朮。香鬼讓北北認識了屬於台灣的亞熱帶奇幻，他們說著共通的語言，互相灌溉，長出名為北北與香鬼的花園。

這座花園在遇見光苔後出現了擾動。半透明的原絲體橫躺在床頭櫃，垂懸的孢蒴觸碰著她的臉龐。折射光線，光轉成糖，為了黑暗存糧。

苔蘚筆記是這樣寫的。

光苔的原絲體，每條細線都是一串細胞。細胞壁面會捕捉各種光線向內聚焦，無光的夜晚，找尋反光，雲隙，海面，水窪，月光。

幾億年前的古老大陸，藻類和眞菌相互合作，才得以在陸地上生存。不過合作很靠運氣，畢竟藻類和眞菌都沒有主動運動的能力。隨著陸地上有機物質的增加，眞菌更擅長當個分解者，於是眞菌走向另一條道路，演化成能擁有蘑菇子實體的生物，讓孢子能散播得更遠。而孤單的藻類只能自己面對離水而生的課題。隨著時間推移，綠藻逐漸演化成苔蘚，從單細胞變成多細胞，成爲眞正意義上的植物。苔蘚也學會了改變形狀，讓空氣慢下來，生活在天空與泥土之間的邊界層裡。

邊界層是過渡洞穴，在大休息和重生之間，滋潤自己。

北北捧著光苔，跟它說話，找尋它的語言，說出它的故事，它的祖先與宿命。此時她的身體薄透，眼神光也被吸收。光苔是她，她也是光苔。

熟睡的香鬼，細長的脖子像是莖一樣撐起他的臉。他的臉很長，除了鼻子外的五官都淺淺的，頭髮很細，比她還長。其實如果他不說話，說不定有人會覺得他是女的。胸膛有一排胸毛，他剛從她身上起來時，北北聞到的那尾韻帶著微酸的菸草是來自於此。男人的體香有菸草，總讓她覺得放鬆。她想到爵士樂裡的菸嗓，可以身心陷落沙發，不管其他。

我的愛，我的愛。北北在他耳邊默唸，小聲到確認只有她能聽清。

苔蘚的慣性是找尋遮蔽。它把葉片拗成湯匙形，建構水橋，儲存水滴，才能滋潤自己，感受熱烈活著的氣息。是時候她要演化自己。

「我們如果再不走，之後就沒有船可以搭了。」香鬼醒來時，在露台的椅子上滑著手機說。

「如果因為颱風被關在這裡一週，我應該會瘋掉。」北北把手伸出欄杆，風夾雨，海依舊是灰藍帶琥珀。

「光苔到時候都乾了，只能做酊劑。」他說。

「你有沒有想過，復刻某個絕種植物？像是羅盤草那樣，沒有人聞過羅盤草，卻是許多歐洲調香師一直調配的主題。」北北說。「像我會想像古老的浴場裡，撥開蒸氣走進去，然後突然看見一格鋸齒狀的植物，有種從未聞過的草腥，或許帶點苔蘚和乳香的氣息。」

「那是因為你想像力很豐富，我沒有一個真實的東西當作支點，完全無法想像那是什麼味道。」香鬼說，一邊翻閱著植物圖鑑，想找到底羅盤草長怎樣。

「你要不要試試看，用別種植物萃光苔的氣息，或者乾脆用你現有的香材拼揍光苔的香氣。」

「但這個重點是，怎樣算光苔的香氣？是活著的時候在洞穴裡聞到的，還是蒸餾浸泡酒精後的才是？有時候是變成凝香體時，才會發現這植物有意想不到的東西。」

「這樣不是很被動嗎？你在等，等一個驚喜。萬一萃完很無聊呀，跟你萃過的金髮苔，還有橡樹苔味道差不多。你還要解釋說，這是光苔喔。這樣別人喜歡這個味道，是因為標籤上寫光苔，不是因為被氣味感動。」北北說。

香鬼陷入沉默。這種沉默北北認得。她想到以前學過泥染布，有次她嘗試用地瓜葉來植物染，浸泡的過程中她聞到一股高濃度的男人汗臭，混合著深綠葉片和海藻的氣味。每次香鬼用沉默把自己捆緊，她就會聞到這樣的氣味。防禦自己的味道，不想露出一點孔隙讓人入侵，連風也不行。她要等，要試探，等他解開自己，像是染布後的隔天早晨，解開紮緊布的橡皮圈，抖開。太陽下，布飄出一絲絲氣味，柔和的綠葉清香，纖維中的草綠美的空靈又接地。

「鬼鬼。」北北把手放在他肩膀。「不要這樣。」香鬼把她的手揮開。「也不要這樣叫我，拜託。」

香鬼總是這樣，不喜歡白天親密，晚上才會脫去他堅固的那面，讓她叫他鬼鬼。打包行李，捲起內褲，旅行用的牙刷，牙膏，肥皂，迷你罐乳液，身體油，沖掉登山杖上的泥濘，擦乾，收摺長度，放回防水的塑膠套裡。

「不要忘記採集盒。」他說。「這是最重要的。」

「當然。」北北說。轉身時她突然覺得，香鬼死守採集盒的樣子像是老頭，缺乏彈性，無法讓萃香這件事出現新的可能。要能真正再現那個光線交錯的洞穴，絕對不是靠眼前光苔的樣本而已。那氣味她不會忘記，鹹苔，冷汗，螢光，帶點潮濕洞穴的礦石感。半透明的氣氛是她的拿手 Fougère 馥苔調。

推開飯店大門時，北北感受到風，她得很賣力才能往前走，颱風要來了，他們要趕快到碼頭搭船。

引擎發動的時候，柴油味很嗆，香鬼不畏狂風，站在船頭。北北坐在放救生衣的櫃子上，看船駛過海面的白沫，看充滿著原始森林的小島逐漸遠離。是現在了，趁香鬼還沒回神，北北把裝滿光苔的採集盒拋入太平洋。

她在乎的是真實的記憶，不一定是要真實本身。她只是需要一組氣味，接近所謂的真相，哪怕是謊言也沒關係。

北北想著，香鬼好像安。一直偷偷把媽媽放在心裡面，把自己變成媽媽。他抓緊植物圖鑑，想蒐集完每一個植物的香氣，這樣媽媽才會回來。可是他的媽媽早已失聯，在他心中死去，他的心也空掉了，到遠方尋找家只是徒勞。她不想要繼續跟他攪和一起，進入那沒有遠方沒有家的空無裡。香水才是她的洞穴，那裡只有發光的絲線。

均衡。強調。律動。支配。她看著香鬼的背影，等到上岸了，她將用她的方式，找出所有可能的鹹苔和綠意，直到調出光苔為止。然後她會遠走，告別所有，把一路上沾染的灰塵抖落。氣味是她的呼吸，她生命的氣息，告訴她要用自發的姿態活下去。

07

夜間大麻

Nighttime Weed

北北剛出道時，曾和巫巫上過一陣子調香課。那時候的老師是翠翠，翠翠每次都跟她說加太多了，不用怕別人聞不到。

某種程度上，北北後來走出精準優雅的路線，多少受到翠翠的影響。只是翠翠後來很極端，甚至使用香材到有點吝嗇的程度，香民都說翠翠的香水是五步散，穿上去，走五步就聞不到了。

你想讓人們注意到什麼？聞到什麼？想清楚再調。有次下課前，翠翠跟她說。

北北後來調出了一瓶「綠茶花仙」，綠茶配上乾淨的麝香。她想像深受寵愛的情人，沐浴後，身上柔和的香氣。那是經過蒸氣和肥皂的肌膚，自然散發的酥軟氣息。呈現浸泡在花裡的紙張氣息，是柔軟的棉質，是出浴的美人，宛若花仙。

翠翠給她那瓶的評價是太飄，不知所云。北北後來認真改，試著加紮根的檀香，也試過加了玫瑰，但怎麼調也不對。翠翠標準很高，好嚴格，弄得她很累。翠翠自己的作品又有多不飄呢？北北買了一瓶回家整天聞，那瓶是翠翠的成名作，「焚香藥草」。前調甜厚，心調是迷幻的大麻香氣，底調是嬉皮最喜歡的快樂鼠尾草。完全可以想像綁著雷鬼頭的人類，穿著這樣的氣味，打著牛皮做的鼓。翠翠想說什麼呢？大麻是迷幻的極致，一秒鐘進入深度共鳴，身與心，不用說，一聞就懂。

附上的香調表小卡，寫著靈感來自調香師年輕時到印度的流浪之旅，還放了一張翠翠看著窗外的側臉照片。翠翠比北北大了十幾歲，當她媽也可以的年紀。俐落的短髮，小鳳眼，倒三角的小臉，說是個美人，也不算很正統，比較像是個到處流浪的酷妹。她想，是因為翠翠臉蛋長得精緻，才可以一直留短髮，北北之前也剪過短髮，留長後便再也沒有剪回去了。

火車的旅途呀，一開窗，空氣裡是牛糞乾香，接近瓦拉納西時又聞到夜祭的焚香裊裊。路途的氣味記憶，有著香草、地瓜焦甜、藥草、乾草等混合的淡淡香氣。

小卡上翠翠手寫的文字，米黃色的手工紙上還有金箔碎片，像是恆河畔披著金衣的苦行僧。有一種活在當下，生死無畏的觸感。焚香是煙，好像在說香水的起源。香水perfume的拉丁文字源是par fume，par是透過，fume是煙，透過煙，連結神。焚香的質地沒有明顯輪廓，有溫雅的甜香，微厚的氣味密度，跟很多香材相比，更帶有謙虛又溫暖的脾性。

北北搧聞著試香紙，想著，這瓶「焚香藥草」，厲害的地方是拼配的邏輯。焚香讓招搖的大麻變得謙遜，讓很飄的香氣溫柔滑行到舒服的中音。

翠翠曾經是香水圈的大巫，是北北心中反叛軍的精神領袖。反叛歐美獨尊的霸道，反抗大量生產只會找明星代言的商業香。她們都深信快樂是手工的，一瓶一瓶調，才有靈魂在其中。

不過在認識香鬼之後，翠翠在她心中的地位已滑落，變成一個過氣的老人家，北北還會私底下跟著香民叫翠翠五步散。

起鬨。好像有共同的標靶得以換取跟其他香民的共鳴。每次說完她總是很後悔，是翠翠讓她體驗到感官作品的深度，她怎麼可以笑翠翠呢？

北北知道自己的模式，為了不依賴而一直去依賴。翠翠影響她太多了，北北為了不依賴，換了香鬼去依賴。她說服自己，這樣變換依賴對象，不過是去中心，像萬物有靈。

北北很少跟香鬼提到翠翠，一來是不想他比較她們兩個的作品，她感覺翠翠有時候偏離正軌，「焚香藥草」之後的作品，聞起來不那麼純粹，眼神光不見，還多了些黑眼圈。二來是她也懂香鬼，這男人幾乎想要征服所有的調香師，證明真實比美更有力量。他要嘛打倒她，要嘛以香材誘惑，讓翠翠也被他控制。

但當香鬼想要萃取大麻香氣時，他很快就跟翠翠連線上了。翠翠在台北的郊山上有塊大麻田，他跟翠翠租了一塊，種自己的野生大麻。前陣子有登山客經過發現，還報警檢舉，不過後來也不了了之。

夏秋之交本該採收，不過發生了太多事，香鬼拖到十月末才準備去。光是聊到如何採收大麻這話題，香鬼眼神便開始發光，好像是說這些可以讓他變得更有魅力。北北常常懷疑，香鬼不是為了萃取才種大麻，他只是想要別人注意到他的特別。以為不經意說出：「你知道，蘑菇是真菌嗎？」還是，「我在山上有一小片大麻田，要不要去看看？」這些話，可以讓他長出六塊肌。

雖是這樣說，北北還是沒有拒絕香鬼採收大麻，接著去翠翠家拜訪的提議。她沒去過翠翠的家，而香鬼居然還去過一次。香鬼形容第一次去的時候，感覺自己很像一隻闖入貓群的烏鴉，烏鴉為了蒐集發光的小東西而來到那裡，對於貓來說，烏鴉只不過是可以玩弄的小東西。

「應該是相反吧。」北北說。「是你比較好奇她。」不過說真的，翠翠過了四十以後，還長得有點像俄羅斯藍貓，灰頭髮，氣質優雅的老小姐。

上了車，香鬼只挑最隱密的小路走。沿途芒草掠過車窗，折拗扭曲的芒花，夜裡這些植物美得孤單。北北回想，一開始香鬼吸引她的那份強烈的感受，也是與孤單相連的。有種像是末日的美，橋斷了，不得不停在某處感受存在本身。香鬼聞起來很苦涼，苦到極致透出的涼意，這種氣味很像是被鐵環掐緊脖子，她的頭無法動彈，在限制下，她曾經感受到一股無比巨大、望不到邊的浪漫壓進身體，不得不把眼睛撐大，盡可能看見所有。

北北維持一動也不動的姿勢，看著無數的雲、星星、月亮和小飛機在頭頂掠過，一路蜿蜒，他們來到山上的採收地。

香鬼翻找著受孕的大麻雌株，用鑷子把種籽從花冠夾出來。他分給她一顆，種籽很光滑，帶著大理石紋。北北很直覺地吞了一顆，味道像是堅果帶著草香。

她拉開皺皺的夾鏈袋，香鬼把種籽一顆顆丟進去，「做成酊劑應該很讚。」他說。

讚。香鬼現在只剩下這個形容詞了嗎？北北想著。初識他時，香鬼還會說一些細緻的感受，讓北北感覺聊香水終於不是好香、好臭、好讚、好爛而已。他們有共通的語言，黑與白之間有各種灰階可以聊。不過，隨著兩人逐漸熟悉，他開始說，反正聞到了就好，說這麼多幹嘛。

北北拿手電筒照著大麻葉。深綠色細長的手掌形，拔起一片葉子，那長長的葉柄，互生的深裂複葉，又有點像是羽毛。他們的車停在旁邊的小路，今晚不只來採收，還要去翠翠的家。畢竟這塊土地是她的，過她家門而沒打招呼，似乎有點沒禮貌。只是翠翠家在更高的海拔，能搭最後一班纜車上去最好，車子容易繞一繞就迷路。

導航指向纜車旁的停車場。車子緩緩前進，直到停在柵門前。熄火，北北得先下車，開門，等香鬼將車子開過去後，再關上柵門。

風吹過雜草發出呼呼的聲音，香鬼的車閃著紅燈在前面等。北北最喜歡他等，於是走得很慢很慢，盡她最大的可能。

漆黑的斜坡上只有車燈。車裡的喇叭壞了，沉默貼黏身體，比夜色還濃稠。北北搖下車窗，藍黑色的天空上有車廂在移動。香鬼停車，關掉引擎與車燈，他們跑向纜車閘門。

因為沒有什麼人，兩個人一輛車，姿勢維持不動的話，動作偵測器偵測不到，纜車內的燈也就會熄了。一片漆黑，纜車跟著月光引導，安靜地向上升。

北北喬著屁股，確認與香鬼的相對位置，讓車廂坐起來比較平穩。她已經動得很輕，纜車的燈還是亮了起來，照亮了香鬼那沒什麼血色的臉。他把臉探向窗外，在高空上看著黑黝黝的山林從腳下掠過。安靜又充滿力量，台北的郊山是她最喜歡的地方。

纜車的終點站是一座茶園。走出車廂時，他們的照明光束在葉片上游移。這些茶樹感覺是營養不良萎縮了，高度只到小腿。他們沿著小路往山坡上走，風很大，突然一棵枯樹倒了下來，像乾癟的屍體。北北的肩膀震了一下，她拿出背包側邊的水壺，喝了一口水。他們沒說話，也不必，沉默是隨身香水，用來保護他們的祕密。

經過茶園，還要走一個下坡，兩旁皆是長得比人還高的芒草。翠翠家就在坡底不遠處，一幢灰色小屋子。兩旁的芒草交錯而長，路徑越來越不清楚，走了幾步，北北的手臂被長滿刺的草刮到。

「好痛。」北北說。「這是黃藤嗎？」全身是倒鉤刺，葉軸延伸出刺鞭。北北的手電筒照著這刺痛她的植物，翻找著它的名字。她想起小時候，被爸爸用藤條打過，但不記得藤有這麼多刺。

「欸，這什麼？」香鬼掀開上衣，黑色黏乎生物在他的肚子上，是因吸血而膨脹的螞蝗。他拍一下還拍不開，北北隨手抓幾片樹葉和青草搓揉，揉出汁液，滴在螞蝗身上。牠馬上鬆口，掉了下來。

每次她疼痛的時候，香鬼總是會比她更痛，久了她也不說了。黃藤的倒鉤刺穿她的防風外套，她的手臂滲著血。快到了，走快一點就到了。她跨大步，走在香鬼前面。快到路的盡頭時，芒草堆裡多了一條小路，不過不太像是給人走的。手電筒照著突然出現的獸徑，沒有很大，應該是山羌走的路吧。

香鬼的喘氣聲挨上她的肩膀。「快到了。」他說。

北北看見了灰色的房子，加快腳步。夜深了，她每次停下來便感覺自己變成寒冷的藍色，冷到骨子裡。

「我們走太久了，現在十一點多，看來要住在翠翠家了。」香鬼的語氣好像是故意走這麼慢的。原來這才是他的計畫，採收大麻後住翠翠家。北北以為只是去拜訪。

門鈴一響，翠翠打開門時，北北後退了一步。翠翠把頭髮留長了，不是那個「焚香藥草」裡，俐落短髮看著火車窗外的酷妹，身上全是迷幻的草味。她身上穿著藕紫色寬鬆的和服式睡袍，絲質的 vintage 面料，看起來還是很嫵媚的，帶著一絲慵懶的氣質。

香鬼跟翠翠先是輕輕擁抱，互問最近怎樣，他們都沒回答，卻很有默契地碰拳頭，然後鬆拳，手指像是蝴蝶振翅，輕輕擺動著空氣，緩緩離開兩人的中心。這完全是好哥們的打招呼方式，北北站在一旁，覺得有點尷尬。她回想，同住後北北回家，香鬼連「你回來啦。」這話都沒說，只是看著手機螢幕，頭也不抬。

香鬼把腳掛在沙發扶手上，翠翠從廚房拿了一罐橘黃色的飲料，倒入玻璃杯。她說是自己做的，加了薑黃、樹皮還有很多不知名的花和果實。玻璃瓶碰撞，北北喝下去的時候，感到喉嚨有點灼熱，然後是胃。北北問有沒有水？翠翠給了她一杯。接著帶北北參觀房子，客廳，廚房，浴室。現在流行這種侘寂風。整個屋子空空的沒什麼東西，只有一些花瓶，陶甕裡有香水酊劑。

「你用陶甕裝，不怕香水很快揮發嗎？」北北把玩著陶甕。陶的手感很冰，帶著孔隙，感覺有生命，一直想呼吸。

「不會啦，這算是印度的古法，我十幾年前，去印度旅行帶回來的。當地的香水都這樣裝，他們叫這個『土香水』。把檀香和泡過雨水的土壤裝進去，你聞。」翠翠轉開瓶塞。

那是乾裂的大地迎接第一口雨的氣息，開頭出乎意料有點熱，像熱奶茶上浮著的奶沫。直到天空突然飄起雨，她仰頭，伸出舌頭，頭髮濕黏，貼緊身體，四周漫起新鮮泥土和青草的香氣。這氣味讓北北感到共鳴，心很單純地震動，她感覺香氣竄入身體裡，又溜出身體之外，內外因為氣味的來來回回，逐漸連成一條線，幾秒鐘便進入氣味情境裡。

雨季原精，Attar Mitti，北北腦中閃過香材的名字。消費者或是賣香水的人總是用五花八門的形容詞來形容這味道，像是Petrichor（初雨的香氣）之類的，不過描述得再文雅精緻，對北北來說，還是有點假掰。本質上來說，即是雨季原精這東西。

「不過我現在清醒的時候，很難再調出這樣的香水了。」翠翠說。

喔，是嗎？北北想，翠翠一年至少會出一支新香，感覺創作能量還是有的。只不過，她聞起來感到一種混濁的質地，不像「焚香藥草」精靈俏皮。

翠翠帶她參觀調香室，房間不大，牆上的層架疊滿了棕色罐子。胡桃木桌下墊著一塊寶藍色地毯，上面有孔雀和永生樹的花紋。翠翠一邊說著調香室是這間屋子難得會看到裝飾品的空間，一邊拉開椅子。提到了她的香水在台北市區一家侘寂風的香水店寄賣，是一個搞藝術的女生和她的法國男友開的。沒辦法，外國人就喜歡這種風格。翠翠說的口氣好像她會這樣佈置，不是自己想要的。

她赤腳滑過地毯時，孔雀發出了金色的光澤，好像她剛用腳滑過一隻金絲貓的背脊。桌上放著蒸餾設備，淡粉色的酒精燈，有點皺的鐵絲濾網，圓底燒瓶，琥珀色的液體在蛇型冷凝管下逆光閃耀。翠翠撐開一邊鼻孔，把香氣吸進去，她發出的聲音很急促，像是用鼻子掐緊那一瞬間。北北輕抹管口黏稠的液體，沾在手腕。一壺輕盈的茉莉花茶在空氣裡旋轉。

北北吸得很長，鼻吸口吐，像是海浪，把香氣吸入肺裡又再吐出。嗅吸。對於那一口氣的理解，也是對於最小時間單位的理解。鼻腔是容器，盛裝時間裡的香氣，如何嗅吸，表現了調香師鼻腔裡，時間容器的樣貌。

如何看待時間，是調香技藝的基礎。香水在時間裡生長，綿延出山的稜線，荒煙蔓草，山野爛漫，香水的時間是抽象的記憶。嗅吸的一瞬間，是關乎時間的分割，分割到極致，直到不可分割，鼻翼出現內在的刻度。

翠翠的嗅吸又快又細，是精密刻度的展演，像是從波斯細密畫裡走出來的。

不過，代價是能感受的空間也變小了。她變成要透過材料疊加出東西，像是油畫那樣，是氣味的加法。北北的嗅吸很長，她的刻度比較大，來回吐吶，氣吸到快散了，也不著急，像是舞到最後一音，即使舞池裡沒有聲音，她仍可以感受到胸口的起伏，裸背上的汗珠。她的香水是減法，是像水墨那樣皴法暈染，所以香民才會說她的香氣很仙，很輕盈貼膚。

加太多了。不用怕別人聞不到。「你想讓人聞到什麼？想清楚再調。」她記得翠翠說的話。

她記得十幾年前，翠翠嗅聞東西不是像現在這樣，不會巴不得每一個粒子都黏在鼻腔黏膜。翠翠一定是哪裡走偏了，發瘋成魔，因為太喜歡香水，所以走到獸徑裡，迷路了。

北北發現，調香桌上那看似錐形燒杯的東西，並不是用來調香水的。多了一個彩色提把的煙碗，看起來像是水煙壺。

翠翠握著水煙壺的脖子，走出調香室，她說要到廚房裝水。北北在書架前停了下來，她看見了幾張剪報，有報紙的，也有雜誌複印的，都是北北寫的關於香水的文章。翠翠不知道是用什麼心態剪這些的？得意曾經的調香課學生走出自己道路嗎？還是在學習模仿，翠翠也想把她的所思所想記錄下來，可是不知從何開始？

「翠姐，你也可以開個調香專欄。讓更多人認識你。」北北拿著剪報走到廚房中島。「可以寫寫你調香課說的那些，不用加太多，不用怕別人聞不到，這些想法都很好。」

「哎，這我可能沒辦法，沒有你這麼有才華。」翠翠繼續把薑黃飲料，倒在三個玻璃杯裡。翠翠好像不再學習了，而是會說出我沒辦法，認清了自己擅長什麼不擅長什麼。

北北還年輕，對於新事物還是敞開，譬如最近流行叫ＡＩ寫香水配方，北北覺得也可以試試看，ＡＩ調不夠好的地方再讓調香師即興微調，這也不失為一種有趣的調香方法。翠翠聽到這個只是皺眉，像是突然吃到很酸的東西一樣。

經過廚房餐桌，轉個彎就是客廳，北北把薑黃飲料遞給香鬼。香鬼的腳，本來掛在沙發扶手，終於落地，好好地坐著。他握著玻璃杯，一口灌下去。北北坐在香鬼旁邊，想著這飲料真神奇，剛進到翠翠家時，還覺得有點手腳冰冷，後悔著沒帶暖暖包上山。現在喝了幾杯薑黃飲料後，全身發熱。她滑開手機，打開前鏡頭，確認著自己臉上是否泛著紅暈。

「該不會有加酒吧？」北北問。翠翠說沒有。北北說太厲害了，香鬼一副這有什麼的表情，她沒有繼續問，該不會你早就喝過了吧？

北北聽見冰箱下蛋的聲音，翠翠離開酋長椅。她走到廚房，盛裝了一碗冰塊回來，倒入水煙壺裡。「懂抽喔。」香鬼說。「我來幫你。」

翠翠很專心地加冰塊，香鬼把煙碗塞入大麻粒，套入煙壺裡。香鬼從牛仔褲口袋拿出打火機，上面還有一個鬼的浮雕。打火機向下傾斜到煙碗裡，火焰繞著碗壁打轉，他說這是把火焰「拉」進碗裡。香鬼的動詞用得越精準，代表平時有多常抽。

大麻的煙霧從水煙壺的頸部升起，翠翠的鼻子塞了進去，猛吸了好幾口，嗅吸的聲音跟她在調香室裡一樣。接著換香鬼，香鬼深吸了一口，吸入肺部，然後呼氣。不斷重複。

「北北你也試試。」香鬼說。他的口氣好像在命令她，不試的話就不是共犯，隨時會被他們兩個幹掉。

北北其實蠻喜歡這樣的命令句，像是叫她馬上把衣服脫掉，這句子帶著獸性，讓她興奮。她心理的畫面是這樣的，香鬼眼神著魔地說：「我想要你，馬上。」於是她也吸了一口。這並不是她喜歡的植物味道，吸入肺裡感覺苦苦的，胡椒辛香，帶著土壤的葉根。野生大麻，北北的頭開始有點暈，臉上浮起微小的汗珠。

世界的背景被抽換了。香鬼和翠翠的五官分裂又再度聚合，眼裡發出沽溜皮蛋的騷味，她有點分不清楚他們是茫了還是戀愛了？翠翠跺著腳，越來越大聲，北北想著這畫面有點熟悉，像隻紅毛猩猩，對，是安。翠翠還拿著放在角落的乾燥牛糞餅，當作是印度甩餅那樣地甩，很多糞屑掉了下來。抽了大麻後的翠翠，變成了某種人形野獸。北北一直以來，也想從自己的身體裡召喚出那隻內在野獸。可是她太壓抑了，她只能夜晚在被子裡偷偷想念安，或是等待夢的到來。唯有在夢裡，感官才會得到完全的釋放，召喚那些語言無法與之定型的一切。

「有感覺了。」翠翠起身。北北以為她說的是便意，等到翠翠衝向調香室時，才知道她現在要調香水。北北跟在後面，好奇嗑了草後的翠翠，調出來的香水有什麼不一樣。

翠翠從櫃子裡拿出一個胡桃木盒，浮雕的花紋讓人相信裡面的東西一定特別貴重。她像是抓周那樣，隨興從中抽了幾罐，放到了桌上。

淺藍，琥珀，枯葉，血紅。玻璃罐是透明的，連貼香材名字的標籤也沒有。有幾秒鐘，北北覺得翠翠真是酷，調香不依賴眼睛。她從來沒真的這樣做過，曾經這樣做過的，只有安。那是她封存的回憶，紅毛猩猩和調香師，一人一獸，在調香室裡玩，燒杯是畫布，把珍貴香材像是潑墨一樣地揮灑。

玫瑰丟掉名字，還是依舊芬芳，香材的名字是為了溝通用的，核對你講的那個味道也是我講的那個。

翠翠沒寫配方，完全依賴直覺，甚至沒用滴管測量 ml 數，直接一瓶倒進去。北北很確定那瓶淺藍色的是天竺葵，綠意感的花香，即便加再多也是舒服的中音。枯葉色那罐，估計是綠茶，帶著金屬感的銳利，有點生，翠翠把這兩個香材混在一起，調出某種乾淨的紳士感。北北喜歡這樣的反差，在著魔的時刻，居然仍能調出優雅內斂的氣質。

翠翠一個燒杯接著一個燒杯地調，越調越濃，越調越熱。從乾淨花香到東方濃墨。墨條的樹脂香氣瀰漫整間調香室時，翠翠站上椅子，喘氣。調太多了，用掉了她哈完麻暫時得到的活力。北北也覺得很熱，脫掉沾著野外泥巴的褲子，還有高領白羊毛衫，唯一穿的，只剩下小可愛還有她的蕾絲內褲。翠翠也開始脫，藕紫色的和服睡袍從椅子上滑落。她們穿著自己的內裡，互相對望。北北發現翠翠的腿毛很長，她從沒看過毛這麼長的女人，因為她從出生時，就沒有什麼體毛。青春期長的陰毛腋毛也十分稀疏，只有春夏之交時，她才會去美妝店買了一個含蘆薈潤膚皂的除毛刀，抓著橡膠握把輕輕劃過去。照鏡子的時候又是如嬰兒般光滑。該不會是這樣，媽媽才叫她北北吧？她開始想。像個孩子，永遠的Bebe，永遠的寶貝。

半遮的裸女，比全裸更性感。她羨慕翠翠多毛的樣子，因為有毛，似乎可以讓自己更敞開，呈現一種享受女體的性感狀態。北北一直在尋找某種遮蔽，毛是屋簷，讓她可以躲在背後休息，這也是她過去能跟紅毛猩猩安工作生活那麼久的原因。她需要那隻獸，來辨認出自己。過去她一直沒想清楚，想要在自己身體裡召喚出安，變成安的慾望卻不斷吃掉她自己。

翠翠開始大笑，把調好的香水裝入錐形瓶，塞上軟木塞。看來她對成品很滿意，不過她沒寫配方，等到隔日清醒應該又會陷入無法複製的苦惱。

笑聲凌厲，翠翠的眼神變得更加邪媚。北北想到了巫婆，還有安最後因為飢餓而躍起，撲向她的畫面。她面對的是一隻獸。她曾沉浸在紅毛猩猩的世界裡，她愛這隻獸，多過於愛她家人的總和。所以安死了以後，她還是無止盡懷念，哀悼他的瘋，思念他的野。

翠翠在狂吼，聲音如雷，像是在叫她滾。北北後退了幾步，她腦中閃過的詞是邊界。邊界。邊界。她不想要老了變成翠翠，得依靠大麻變成野獸，才能好好調香水。花本來就是香的，怎麼調都是香的。特別比香還更重要，這是調香師存在的原因。

邊界的模糊創造了歡愉，她想起許多快樂的場景。她憶起谷玲，谷玲也是熱愛香水的香民，香水讓她可以瞬間卸下科學家的角色，回到女人的身體裡，渴望被愛、被保護也不用覺得丟臉。

當谷玲打給她，說有隻對調香有天份的紅毛猩猩要來找她時，北北興奮到漲紅了臉。她一直渴望所有人都可以變成獸，她喜歡比她情緒更激烈的男人，有人欺負她的時候，那男人可以比她更生氣，甚至亮刀。不過在社會裡，這類男人，多刺龍刺鳳，混了幫派，她想到要跟一群弟兄相處又十分害怕。她知道自己要的特質是獸，在男人裡找尋獸性，何不乾脆去找一隻野獸？

安的到來，完全是這願望的顯化。安也剛成年，她還可以當自己是紅毛猩猩的媽媽。調香資歷又比他多，她可以教他，安是她的小幫手，她的學徒。

在安的凝視下，北北才漸漸成為自己。安在她的身體裡，一直都在，只是她活著並不是為了成為安。安是倒影，用毛茸茸的輪廓，讓她無盡追逐。當她赤裸，只穿上香水時，她也是安，人與獸的邊界恍惚。不過當她登出那獸的體感，因無毛的裸露而感到羞恥時，人與獸的界線似乎又浮出。

邊界的清楚，又是什麼？身而為人的責任嗎？責任，聽到就覺得煩。她只是想好好當個人，當個女人，想穿上衣服，把香水噴在髮梢、手腕和腳踝，隨呼吸延展身體，沉浸在她自己，不因他者而感到分心。

想到這些，她感到平靜，似乎站在暴風的中心，香氣在四周旋轉，再強烈也無法扳倒她的重心。她身上的小可愛因為汗水變得半透明，貼緊皮膚，她脫了下來，發現側腰處有隻小螞蝗，因為吸飽血腫脹。

「靠，現在才發現。」北北拍了拍，螞蝗掉了下來。額頭上的汗珠墜在睫毛，滑進她的眼睛裡。

她想去洗熱水澡，馬上。翠翠還在發瘋地把香水倒入漏斗，裝瓶，卻因為太過粗魯而弄倒了燒杯，香水滲進木桌裡。胡桃木桌的表皮是皺的，北北的調香桌也是這樣，很難避免香水打翻，若是翻了沒有馬上擦，香水基底的酒精還有高濃度的香材，會跟桌子的漆起化學反應，最後都會有一層薄薄的膜浮出，破洞，發皺。

「桌子不皺的調香師，都是假的，玩玩的網美。」翠翠以前在調香課這樣跟她說過。

桌上有太多東西了，邊角有幾瓶粉紫透明的埃及香水瓶掉落地板，碎了。還好那應該是埃及騙子賣的假貨，碎玻璃並沒有很銳利，帶著塑膠感。北北跨過一地的彩色玻璃殘骸，離開了調香室。

走進翠翠臥室時，北北還有一點遲疑，想著這樣偷偷走進主臥會不會有點沒禮貌？就當作她不小心走到獸徑，迷路了吧。

被單是墨綠色的，被子捲成一坨，北北搖了搖，確定被窩裡沒有人。地上有成堆的書，還有散落的衣物，床頭燈長得有點像Dior那隻J'adore的香水瓶。流線型的水滴瓶，發著黃光，像是聞到盛放的橙花。以Dior的行銷邏輯，大概又會說這是所謂「金」緻芬芳，一款如流動黃金般包覆肌膚的香水。

北北每次看到這樣的敘述，總會很想笑。這些歐美大品牌，從不把預算花在買珍貴香材，都用來包裝形象請明星代言。她想起那個印象深刻的廣告，金髮碧眼的美女從浴池走出，灑上香水，回眸，全身金光閃閃，用嘟嘴的唇音發出J'adore。眨眼。淡出。用法文說我喜歡。喜歡世界高潮如此簡單。

轉開熱水，水柱像叢林大雨，她褪去內衣內褲，走了進去。毛孔因為熱氣而打開，呼吸，洗去汗水和泥土後，她的皮膚正渴望著香氣。壁掛架上放著橙花沐浴乳，她壓了壓噴嘴，抹在全身。那是蒸餾過的柔嫩花瓣，平衡的花香，有種不說破的優雅。水感，若即若離，跟沐浴乳這樣的質地很搭。翠翠對氣味那麼有才又有愛，不可能不成功的。會開始依賴大麻，大概是太執著了吧。

臭又不會死。沒得AOA也不會死。翠翠怎麼這麼想不開呢？不過，北北是晚輩，還是翠翠以前的學生，有什麼資格叫她去戒斷，好好重新開始呢？

用水柱澆灌自己，她感覺身體透明而輕盈，明亮而乾淨。她從竹籃裡拿出浴巾，圍在身上時很蓬鬆，像是被雲朵包覆。

當自己家囉。她想起剛踏進翠翠家時，嗔香鬼的不客氣，現在換她也這樣。她從地上撿起一件斗篷袖的黑色洋裝，把頭鑽進去。

翠翠的洋裝有穿過一陣子還沒洗的氣味，灰塵，泥土，汗水，袖口還有食物的味道，是南瓜義大利麵嗎？她不太確定。衣服會沾上這麼多味道，大概就是很野吧，野女人不會去亮晶晶的百貨專櫃買香水，只能自己做香水。野女人不受拘束，自由自在，沾到什麼味道就隨這味道流動，久而久之，自己也散掉了。

北北身上那橙花沐浴乳的氣息，乾淨得像是光束。她不會被衣服上的味道影響。她感覺自己像是正派又年輕版的翠翠，不禁有點得意，在鏡子前東照照，西照照。

所以當她走到客廳，看見裸身的翠翠時，她好像看著自己。翠翠雙腿張開，在她也坐過的那張沙發上呻吟。椅墊被汗水弄得滑溜，每一變換姿勢，便發出吧滋吧滋的聲音。熱度。興奮。翠翠全身在顫動。淫穢又騷亂啊。翠翠雖然過了四十歲，皮膚還是光滑，彷彿上了一層油，每次翻身，身上的波光都像是湖水起了漣漪。香鬼當然把持不住。

渣男。噁心。第一次看香鬼跟別人做愛，眼睛是監視器，翠翠是走偏的北北，所以她對翠翠的放蕩並不感到生氣。反而比較憤恨自己的眼光，為什麼會愛香鬼這樣的人？是被什麼鬼魅蠱惑了嗎？

她愛的這男人，如今讓她升起熊熊「子宮火」。她感到憤怒，她當下能表達的也只有憤怒。

她認為，香鬼的背叛，來自她身體不夠完美。皮膚不若翠翠光滑，胸部也沒有怦然心動的水滴形。她一直相信愛是高於這份身體之慾，她恨自己看走眼，以為香鬼對她的愛是高於身體。也因為還愛著香鬼，在她心裡，她跟著他貶低自己的身體。她的身體，不夠美麗，無法成為她愛的男人心中獨一無二的身體。

想到身體，便讓她哀傷，因為那似乎是最本質的東西。她想到，自己也是這樣傷害安柏的，現在被這樣對待，或許是她的報應。身體最誠實，最本質，跟氣味一樣，愛就愛，不愛就不愛，最原始的愛慾與攻擊。

香鬼身上美好的幻影，都不過是她自身匱乏的投射，她渴望能像他一樣自信。不過他們之間許多話都無法說破，每次說出感受，香鬼只會怪她，千錯萬錯都是她的錯。大麻是個禮物，讓她看清楚界線。界線模糊創造一種你我交融的歡愉，好像回到了吸母乳的嬰兒時期。界線明晰則是獨立清醒。她想被愛、被保護，這是她身而為人的渴望。不過被香鬼愛的代價太大了，他並沒有保護她的心靈，也沒有尊重她的在場，反而用摧毀來測試愛的地基。

他們沒發現她的注視，或者更殘忍地，根本不在意。北北開始覺得洋裝上的食物氣味有點噁心，想要穿回自己的，哪怕沾滿泥巴還是比較乾淨。

北北喜歡香水，因為氣味能帶她到遠方，回到過去，回到那個不知所措的案發現場。她才能清楚當下到底發生了什麼事？她得透過不斷重返，感受那個靈魂死亡的瞬間。

她走回主臥的浴室，褪去那件黑色斗篷袖洋裝，待在溫熱的免治馬桶上。她下定決心，要離開香鬼，也不想再跟翠翠聯絡。

北北忘記自己是怎麼睡著的，夢裡她到了很遠的地方，那個城市被籠上一層霧，她想要去找朋友，可是朋友離得再近，都找各種藉口拒絕，還開始嫌棄她說話的腔調。半睡半醒間，她聞著床單上淡淡的大麻香，這是夜深寂寞的味道。她想起有句話是這樣說的，大麻是草的復仇。不過，是要對誰復仇呢？

這已經是一年多前的事情，北北後來教香民調香時，還是會不自覺重複翠翠的教導。加太多了，不用怕別人聞不到。要建立自己的內在權威，不要太受別人的影響。

她腦中閃過的畫面，不是香鬼和翠翠在沙發上四腳獸的場景，而是翠翠做的薑黃飲料，橘黃色的，聞起來好熱。還有快清晨時，翠翠走進臥室，搖了搖躺在床上的她，端來了一盤薑汁番茄，說那是南部老家的做法。半透明的醬油膏，甘草粉，薑泥，砂糖。這意想不到的組合，切片牛番茄蘸著，居然十分好吃。翠翠活得再怎麼歪斜，仍是活在愛裡的，北北不怪她。只是那天傍晚下山時，影子拉得特別長。讓她開始懷疑，目睹的畫面，只不過幻覺，她只是找一個藉口離開香鬼罷了。

08

無盡夏日

Eternal Summer

海面一片平靜，北北站在甲板上，感受著船身的搖晃，以及艙壁傳來船隻內部機器震動聲。模糊的金黃從海平面升起，晨曦劃破霧氣，她想把當調香師之前的日子全都忘記。

她向來崇拜身體，敬畏心靈，調香是她的祈禱，肉身是她的佛經。只不過，她已經很久沒調香水了，也不想再調。經歷這麼多事情後，她才明白，若沒有找到真實的自己，便沒有辦法享受感官的一切。

她知道，如果再這樣依靠對遠方的嚮往活下去，有一天，她全部都會忘記。她不會再記得黃葵子那聞起來像麵糰一樣的體香，也不會記得春天的風信子因為吲哚太高，出現了快燒焦的瓦斯味，更不會記得海藻的香氣帶著重量，像隻蒼老的手，把她的身體踋出去。感官的記憶都太主觀，只是一種抽象的感覺，形容詞而已。而形容詞，都是可以刪掉的，終究會散去，不過是可有可無的東西。

香水無法永遠使她平靜，使她入迷，使她喜悅。即便全世界最珍貴的植物，都萃取進她的香水瓶裡，瓶子也不會被裝滿，她永遠少了一樣東西。如果香水只是為了能短暫逃避現實，醒來後並沒有更深刻的東西，那她寧可不要再調。不想再讓這麼多人陷入幻境，六小時過後又一陣空虛。

她渴望找到自己的瓶器，有家才有遠方。唯有如此，她才會向上走，她的香水才會進入高頻，像是太陽一樣照亮人心，轉化腥臭妖騷的氣息。

紅毛猩猩安死了之後，她透過各種路徑想離開自己，卻不小心走了太遠，依賴了太多人事，現在她不知道真正的自己躲在哪裡。

她熱愛走鋼索的旅程，唯有逼近死亡的稜線，她才能逼近曾經心靈死亡的瞬間，想想那時候到底發生了什麼事？每次當她的肉身快要越線，她會感覺到四周安靜，只聽得見自己的喘息。然後她會聽見一個聲音，要她停，不要繼續走下去。要她回到調香桌前，把自己埋進燒杯裡。她回頭，穿上黑色連身褲，戴上珍珠項鍊，那是她除了香水唯一的飾品。珍珠是念珠，她只要摸一摸，便可以很快回到感官的靈性裡。她會捲起袖口，創作一瓶又一瓶香水，以想像連結物質和精神，忘記赴死的原因。

她曾經相信香水裡有上帝，可以通過時間的流逝認識自己。她著迷於抽象的概念，難以捉摸的氣氛，以為即是真理。現在她覺得，好的香水是可以讓人同時感覺到新奇與熟悉，新奇於變化和氛圍，吸引人注意，又同時有個純粹如音叉發出的音，讓人辨識，這裡是苔蘚，那裡是蕨類，這樣的氣味和弦是熟悉的馥苔調。她一直在尋找的自己，躲在這純粹的音叉背後，發出迷人的Om，她要蒐集起來，倒入玻璃漏斗裡。

港口的堆高機發出噪音，打亂了她的思緒。金星六號靠岸，來到了蘭嶼。吊臂正抓取貨櫃，她一下船，發現忘了擦防曬，又找不到帽子，只好用手擋住陽光。「來一杯林投果汁喔。」一路邊攤販叫賣著。她看著那冰桶上放著一顆顆像是鳳梨的林投果實，想著林投花蒸餾後的香氣，她是聞過的，雪一般沁涼。

她打算長住在這裡，租了一間樓中樓的老舊木屋。房東說，屋頂遇颱風後，裂了一個大洞，他找了兩個工人來修補，如果她想，可以來監工，順道熟悉環境。他們都不知曉她今天的到來。

當她無意間走進工地時，一胖一瘦的工人在聊天，「她很快就會搬走，我們大概做一下就好。」胖工人把菸丟在地上，黃色雨鞋踩了踩，捻熄。

「不要亂說。你看東清部落的茉莉姐，她還不是開民宿活得好好。」瘦工人說。

「老人家排外，除非她會說族語。」胖工人說。「現在大島很多女生，工作感情遇到困難，就跑來蘭嶼開民宿開咖啡廳，貴得要死，一個小米甜甜圈賣一百塊，還不如自己去打魚。」

「你不懂啦，打什麼魚，生態導覽還差不多。」

北北咳了幾聲，他們回頭，把收音機轉開，繼續做工。她靜靜地看木屑躺在地上，一層又一層，越疊越高。

北北蹲了下來，深深嗅吸。她一下船，便覺得嗅吸更深更均勻。木屑的味道讓她想起小天使鉛筆，她曾做過一支「伐木工人」香水，白松香，雪松，橡木，微微的汗水和皮革感。她有時候放假會穿這味道，像是披上了綴滿徽章的美式棒球外套，翹腿抽菸。

她靠近胖工人，他抖了一下，豎起寒毛，以為她因為他們的對話生氣。她反射性閃過一些念頭，女生穿上伐木工人的香氣，像是當年香奈兒讓女人穿獵裝粗花呢夾克，脫離馬甲束縛，女人無需用性感身形表現自己。女性不再是對象，而是過程，一種社會關係。她也不想為女性主義搖旗，香水是隱形的，早已比物質世界更自由更流動，北北一開始調香水，她說統統都是unisex。無性別才潮到出水，無所謂男香女香，每個人的身體裡自有陰陽，有山海，有東方西方。她真正關心的，是人與獸、人與植物的關係。

她任這些想法流過腦袋，像是落葉降落潮濕泥土。她來到蘭嶼，只想潛入感覺的底部，水深處，她聞不到花香和綠意，她自願被剝奪呼吸，直到她聽見如音叉純粹的Om。

樓中樓小屋不到一個月就裝修好了。二樓的空間她放了懶骨頭，偶爾有遊客買潛水體驗課，阿尼拔會在樓上先教怎麼大呼吸，然後再帶他們試穿蛙鞋，下水。阿尼拔是北北的年輕房東，二十三歲，黑黑胖胖的達悟族青年。他的原住民口音不算明顯，他說是因為在桃園一家上市公司上過班，口音被同化了，不過後來因不明理由被資遣，回到蘭嶼。這塊地是他的祖產，他說他整天閒閒沒事，可以教北北自由潛水，也知道很多祕密潛點。北北沒有拒絕。為什麼要拒絕呢？

潛水要兩個人，才不會暈厥時沒有發現，肉身永遠沉入海底。北北還不想把潛水當作微自殺行動，於是阿尼拔很自然成了她的潛水夥伴。

每次北北說要給他學費，他都說不用。北北說，這樣糾葛不清，錢算清楚比較好。她並不是真的想要算錢，其實是試著引導他，說出她想要的答案。來，送他一個禮物，當作交換。當他說他喜歡不清楚，北北也假裝勉為其難，只好送他那瓶「伐木工人」的香水，裝在小巧的水晶玻璃瓶裡。沒有浮雕的 BEBE logo，這樣他不會上網查，不會覺得太貴重。轉開瓶蓋，噴在他的手腕，小天使牌鉛筆的雪松香氣，讓他身上那甜甜酸酸的男人味更加迷幻。

阿尼拔聞了之後，開始喃喃自語，女巫女巫。「你跟我媽好像。」他說。

「才不一樣。」北北不太喜歡阿尼拔把她歸類成巫，好像巫只是某種方便的東西，可以隨意翻譯宇宙訊息。

「蘭嶼的海很有能量，修復你們說的那個，」他指向骨盆，「海底輪，是不是？」他以為說脈輪便是掌握巫的語言。

「要修復的是心輪啦，你以為。」北北說。拍了他的肩膀。阿尼拔閃了一下，然後她轉身去換泳衣，阿尼拔在門口等。

褪去藍染洋裝，套上黑色連身泳衣，她再次想起香鬼。她並不恨香鬼，認清香鬼最大的禮物是，他把北北還給她，她開始思考關於自身的問題。香鬼曾經是一面牆，讓她可以去依靠，同時也可以一直去衝撞。不過衝撞的感覺，曾以為是帶著自己的，現在她領悟到衝撞伴隨著失去自己，被對方定義存在。香鬼的思想若是A，她偏偏是相反的-A，她忘了自己是B。她以為的叛逆，其實不過是讓自己處在生存模式裡，生命成為與宇宙的對抗，任樺木焦油味撲鼻。

現在，每個人、植物、動物、岩石，都是她，她和宇宙融為一體。她知道送出重心後，也要接住自己的重心。

每天醒來，她會經過一樓那閒置的房間，桌上全是灰塵，凌亂的棕色小瓶子，裡頭是她蒐集的各種香材，透明燒杯、大大小小的量杯、漏斗、攪拌棒也是錯綜交疊。她已經不在乎了，但這些香材價值大概有一輛車，她捨不得賣，更捨不得丟。只能這樣隨意擺放，像野花野草，任其自然生長。她不想再調，如果香水是對於美的追求，那與悲傷、潛水的作用都一樣，都會壓迫呼吸道。不如去潛水。

機車發動，北北側跨上去。現在是正午，日頭炎炎。阿尼拔轉龍頭，穿過主幹道，往人煙稀少的方向去。蘭嶼的小路背山面海，沿路經過一些咖啡店和小餐廳，天空中吊掛著飛魚乾，冰桶裡賣著薑黃色的林投果汁，礁岩上停著拼板舟，空氣裡有淡淡的海藻香氣。這是她一直期待的景致，遼闊純樸，接近大地之母。

小徑上，青草掠過她光溜溜的小腿，阿尼拔熄火，他們下車，往海的方向走。礁岩燒燙，她拉著繩子，緩緩地降到海蝕洞裡。北北看起來比以前健康了些，曬黑了點，過去她的容貌背後藏著若隱若現的尖銳，現在那股驕傲稜角變得安靜。

陽光穿過洞穴，在水面搖曳，變形，折射到岩壁上像是靈動的水草。有幾秒鐘她閉上雙眼，波光仍在眼皮上跳動。越往前走，水越深，踩不到底時，她開始游。因為太美了，抬頭蛙是最好的姿勢，慢慢地游往洞穴深處。水裡沒有時間，可以忽視時間，彷彿時間只不過是別的東西。

大海裡有自己，她轉著晶瑩的心，好像回到了嬰兒時期，她想起了自己的奶瓶。她喝奶瓶喝到小六，記得那時候媽媽載她去上學，北北坐在副駕喝奶瓶，她看見前面有同學經過，還要用外套遮住自己。「魏北北，這麼大還在喝ㄋㄟㄋㄟ。」同學看到一定會這樣笑她。她也記得媽媽把奶嘴戳洞，讓本來比較小的口徑變成Y型，這樣她可以趕快喝飽，媽媽可以去化妝，換衣服，出門跳Disco。現實中的媽媽，總是在搪塞打發她，不讓她跟她的奶嘴玩。或許是這樣的緣故，她此後的感官經驗並不會帶來真正的滿足，她渴望有更多參與。北北開始有一些原始強烈的念頭，想豢養一隻野獸，讓她去愛去攻擊。

不知過了多久，她才意識到阿尼拔的存在。他從她旁邊浮了出來，手上拿著一顆海膽。他身上也有像安那樣，單純原始的野獸氣息，說精準一點，那是有點甜酒釀混合香荽子的氣息，像是男人汗味混合著麝香。她不能繼續再想了，得說些什麼恢復理智。

「會不會咬人？」北北問。

「怎麼可能。」阿尼拔的頭髮在陽光下是金棕色的，北北看得入迷，她喜歡這個顏色，讓她想到紅毛猩猩。

阿尼拔說完話又潛下海裡。她吸了一口氣，跟進。下了礁台，沒過多久，她觸碰到所謂的毛躁點，每潛深一點就全身不舒服，想折返回水面。她告訴自己，待著，不要做決定。

她聞到了微弱的礦石味，十分驚喜。憋了氣，以為離了線，居然還收得到氣味的訊息。發出氣味的是尼莫Nemo穿梭的珊瑚礁，孔隙裡海膽正睡著午覺，不小心露出了黑色的棘刺。她把食指和大拇指圈起來，小小的藍色銀魚試著穿過來，咻一下又像滑豆腐一樣溜走。阿尼拔之前說過，這種銀藍色的魚叫做醫生魚，會用尖嘴清除病魚傷口裡的細菌。

阿尼拔教她記住魚的名字和習性，當她牢記，這些魚好像變得可愛而溫順。她欣賞著水底的生態系，所有的生物互相幫忙，沒有絕對的獵食者，都是互利共生的關係。

她看見了一群白毛魚，鉛灰色閃動，體側的縱紋像是海裡的斑馬。白毛是女人魚，阿尼拔說族語叫做oyod，白白嫩嫩，女人坐月子吃了最好，幫助泌奶。她踢動蛙鞋，搖擺前進，想去追魚，可是白毛溜得很快很快，背鰭的密網越來越遠，她慢了下來。浮出水面時，阿尼拔已經上來。

「魚不要追，追了會忘記時間。忘記起來的時間，追到了人也沒了。平時我們打魚，也不會帶氣瓶，因為這樣對魚不公平。」阿尼拔的話語繚繞在水面，他才是巫，傳達著海洋的訊息。

「不公平？」她露出狐疑的表情。

「以命換命，這樣魚的生命才不會可惜。」他說。

她好像聽懂了，並感覺自己好像是為了聽他說這些，才來到蘭嶼的。水裡沒有時間，她不用去管潮流，不用管有沒有被看見，什麼都不用追。

進入大呼吸，緩慢勻長，腹部鼓起，穩穩吸入空氣。直到胸腔有點緊，閉氣下潛，毫不猶豫。海下的世界很安靜，陸地的一切好像已變成回憶。

快觸碰到海底的時候，她想到了有次跟安到泳池去。一開始他們只是很單純的游泳，一人一獸隔個水道，很有默契地一起出發，北北游的是標準的自由式，安則是臉浮出水面，游他那輕鬆的仰式。

北北游得用力，時不時臉要側著換氣。她的雙腳像是筷子一樣拍打水面，每幾下就可以游到對面。她等安等了好久。安喜歡漂浮在水上，感受休息和運動之間。當北北已經折返，逼近安的時候，安直接回轉，用一個她從來沒看過的姿勢，有點像是蝶式的變形。毛手先緩緩撥著水面，潛入水底，接著瞬間從水上躍起，幾秒鐘就折返回去。北北感到吃驚，安一下子舒服仰泳，一下子又有著閃電般的野性。

那天陽光很大，泳池旁的磁磚濕黏，排水孔發出水捲進去的聲音。北北提議，他們開啟了新的遊戲。北北二話不說，捏著鼻子沉入水底。安也明白，張大嘴吸氣，然後沉下水底，靠著泳池壁憋氣。他們憋到腮幫都鼓起來，每發出一個沒有意義的聲音，嗯或是啊，鼻子外圍會開始冒泡泡。

安的紅毛因為浸泡水，變成了捲曲起的深棕色。北北開始在水底聞到強烈的動物腥騷，她感到體內好像也有隻母獸想與之對話。她的頭抬起水面，口鼻猛吐氣，「啪」的爆破音很大聲，然後按住安的頭，用最大的力氣，把他按入水底。

這也是幾秒鐘的事情，安是一隻成年猩猩，力氣比她更大，不一下子便掙脫，跳回池邊喘氣。他沒怪她。

是那時候開始，北北意識到她的身體裡有隻野獸，獸是她欠缺的世界，鷹眼、狗鼻、安的狂野，都超出於她。

她也意識到自己有能力生活在獸與人的邊界，獸映照著她自己，她活在獸裡，與獸同行。得如此共同生活，相互滲透與牽絆，她才能理解自己究竟是什麼樣的存在，並真正地打開她的感官世界。

記得那天晚上，北北和安嗅聞的經典作品是Dries Van Noten的「肉食玫瑰」，有血有肉，刻畫立體，一支頗為頹廢又誘人的木本玫瑰香氣。花磚的長條型瓶身，瓶身有兩塊漆面，上半是粉嫩瓷磚，下半是斑馬條紋，因為不透明，看不見噴頭吸管，多了份神祕。鋁合金噴頭沉甸甸，邊緣刻著花體字英文logo。安拔起，把玩，對著瓶蓋大力嗅吸。朝空氣一噴，香霧瀰漫，安打了噴嚏，好像被粉紅胡椒嗆到。

「你看，瓶子這麼漂亮，通常味道都不怎麼樣。」北北嘲諷。「至少不是什麼胸膛的造型，DVN每個味道用不同顏色瓷磚，好像彩油。唉，大品牌也很有錢，可以每做一個味道開一個模具。」

安手腳揮舞，表達喜歡，她覺得他應該已經忘記，下午泳池的事情不過是兒戲。

兒戲。她記得谷玲曾經跟她說過，之前有個研究發表在 *Science* 期刊，那篇論文把兩歲半的嬰兒和猩猩做比較，發現智力幾乎相同，算數、空間、使用手勢語言來指名和造句的水準，測試了好幾組，分數幾乎都一樣。不過，兩歲半嬰兒的大腦，比猩猩大了四倍左右，那多的那些大腦皺摺是做什麼用的呢？

那篇論文的結論是這樣的，人腦多的空間，用來社會學習，人類擁有心智，好思考複雜的人際關係。如果這理論是對的，那安不會多想，很本能覺得她把他的頭按到水底，是出於好玩。

香雲飄過，「肉食玫瑰」已經走到心調。辛香胡椒、玫瑰與煙燻木質的香根草中，玫瑰被胡椒包裹得很好，充滿攻擊感的大馬士革玫瑰花，怎麼竄動，胡椒仍是與它融合得很好，讓花香變得溫順，好像賦予了它新的名字。玫瑰花緩緩開，像是胎動，嫩嬰怎麼踢，媽媽都不會生氣，還會到處跟別人說，稱讚著她的活力。

殘忍的是北北，她一直餵養安這隻自戀的獸，直到他以為他是全世界了，當他可以獨立，能力都超乎於她，她才把他毀滅，告訴他這一切不過是她給的錯覺。他的一切來自她的授與，她是他的王。

「肉食玫瑰」是她。看似溫順，其實內心有頭蟄伏的獸，平時不發作，一發作起來會把所有空間都踩破，把所有氣味都抽成真空。

她很意外那氣味帶出的畫面竟如此鮮明。衣服會隨時間泛黃，失去鮮豔的色彩，出現磨損，出現斑點，露出縫線。香水卻是顛倒，隨著時間，越陳越香。

她感覺頭有點暈，已經閉氣潛入了她從未抵達的深度，三十幾米至少，阿尼拔在哪裡？大腦掉入海裡，她看見充滿皺摺的珊瑚礁，無比巨大，腦珊瑚的凹槽整整齊齊，太過工整，感覺好不真實。她想到媽媽，媽媽也從沒真心對過她，總是敷衍她。沒有好好長大的魏北北，沒辦法好好跟人結合，也沒辦法跟自己待在一起。她一直沒真正擁有孤獨的能力，能一個人潛這麼深，想著心事，已是萬裡挑一。

眼前一片黑，關閉了視覺，她似乎聽見了那如音叉純粹的Om。Om聲透明，振動在身體迴盪，漣漪漫開，意識回到宇宙之初。水分子被鎖在太陽系外的小行星裡，與地球碰撞後，埋藏在岩漿海底，直到地球逐漸冷卻，地表硬化為一層厚厚的外殼，沸騰的內部隨著火山運動向外噴發，水分子得到數百萬年期盼的自由，在天空中形成雲，累積至第一顆雨滴，一顆顆透明的珍珠串起，暴雨來襲。

那是一場下了幾千年的雨，水窪聚集成河川，河川聚集成海，她感覺自己身體裡的水分，隨之震動，那水份來自遠古，回到過去，讓生命重來。

橫隔膜抽動，手顫抖，肺想要呼吸，她舉起雙手朝向水面，快速上浮，水嗆入了口鼻。

北北，北北北。她還記得自己的名字。有人在叫她。她嗆水，她摸著脖子，找尋珍珠項鍊，她想調香水，這是她生命動力的展現，不管有沒有人看見。

海藻香氣帶著重量，跩住了她的注意力。海味鮮鹹，伴隨微弱粉感，襯托自己肌膚上的香氣。加上玫瑰會如何呢？她還沒想完，就有點想吐，吐了一口水，她才感覺自己的頭正躺在蛙鞋上。阿尼拔捏著北北的鼻子，扳開嘴，口對口吹氣。他雙手交疊，按壓她的胸口，穩定而快速，反覆叫她的名字。北北。北北。直到她吐了一口又一口的水，意識才慢慢回復。

當她試著站起時，她正在阿尼拔媽媽的草藥鋪裡，她都叫他媽媽尼媽，有種尼莫Nemo的感覺，很海味。空間的正中央有張長木桌，擺滿許多花，尼媽的手在花和葉子間撥弄。

北北想起，和尼媽唯一的對話是去年飛魚季時，那是她第一次來到蘭嶼。北北剛潛水完，身體被海水浸泡成一種透明的體感，躺在房間裡小睡。突然她聽見腳步聲，鹹濕中帶點炭烤感。她走到門口，第一次看見尼媽，她穿著一身藍白相間的洋裝，說洋裝也不太對，那是三塊布拼接成的短裙。尼媽把飛魚掛在門把，轉身時，她叫阿姨好。

「送你飛魚啦。」那天尼媽的笑容咧開，說得好像是做了什麼壞事要偷偷摸摸。兩個女人，不知道要聊什麼，於是尼媽稱讚著北北指甲油的顏色。

「其實根本沒顏色，這是護甲的。」北北說。

「我都不知道指甲可以這樣亮亮的。」尼媽指著自己的手，乾燥黝黑，指甲都灰灰的。她說剛剛從水芋田回來。

「這從日本網購來的。」北北說。尼媽表情露出一股淡淡的窘，好像北北的一切都離他們很遠。他們也包括阿尼拔。

現在北北虛弱到不行，尼媽對著她的臉噴蘭嶼版的匈牙利水，薰衣草、香檸檬、迷迭香，她被這股香霧給療癒，花水不像是香水會隨時間揮發，氣味是疊加在一起的，有種很慢很慢的快樂，像是小舟輕擦過湖面，只留下淡淡的痕跡。

她聞到花水的基底，隱隱約約透著芋頭味。她閉上眼，撐開鼻孔，感受著嗅吸中的每一個顆粒。

睜開眼時，層架上擺滿痲布縫的香包，上面還刺繡著植物，芋頭、蝴蝶蘭、肉豆蔻、芳香萬壽菊、貓薄荷，地上還放著棕色的玻璃廣口瓶，裡面泡著酊劑。切片的紫色芋頭正泡在其中，北北驚喜，她從沒想過芋頭可以作為湯底。難怪阿尼拔說她媽媽是女巫。

當北北在角落的小桌子下，看到大肚瓶、大大小小的量杯、試管和攪拌棒時，她意會到尼媽也有在調香水。指頭大的小水晶瓶，標籤上寫著時間，一瓶瓶的香水習作。她十分興奮，精神全來，轉開瓶蓋嗅聞。她仰頭，聞香時，她常會在天花板上看見視覺的投影。此時她看見的是花園，這裡玫瑰園，這裡水芋綠意，那裡是薰衣草田。尼媽調香的方式，是盡可能把所有香材都用上，以免日後後悔沒用上哪些香材。

美是捨得。不然花本來就是香的，隨便調都是香的，調香根本不用學。北北忍不住想。

「你好啦。」阿尼拔從廚房端來一杯溫水。「嚇死我了，我本來在岸上休息，然後看到你的頭髮漂在水面上，才知道你昏倒了。」

「我以為你會跟我一起潛下去。」北北拉椅子坐下，好像這張桌子一直在等她來。

「你好像看到魚還是什麼，突然一直追，忘記起來的時間。我也追不到你。」他說。

「騙人啦，你去抓海膽了吧。」北北說。阿尼拔笑得靦腆。

「沒事就好啦。」尼媽出現。「你要不要調一瓶給我們聞？」尼媽拿起大肚瓶，說這是她用酒精濃度40%的穀類酒，浸泡海藻。

「媽你不要這樣逼人，人家是專業的。」阿尼拔說。

在海底一片漆黑時，她最想拼配的是海藻加上玫瑰。有海藻湯底太好了，她一直尋覓那踰住她注意力，充滿重量感的鮮鹹。酊劑倒入燒杯時，紫藍色的液體在陽光下閃耀，清澈天真的樣子，像是藍寶石。光從窗外斜射進來，陽光會損害香水，她不在意，北北想的是即使損害，也會生成新的神奇。

轉化。是香水最核心的道理。化惡臭為芬芳，當用更高一層的維度去感知，一切都不過是香材與香材的對話。香材之於調香師，好比人之於神，她不該這麼狂妄地想，只不過事實便是如此。燒杯是宇宙，她可以擺佈、創造、聆聽。氣味誘惑了調香師，調香師才成為調香師。人也是這樣，人誘惑了神，神才成為神。

她拿起燒杯，逆著光，淺藍色的香水在玻璃膜的邊界流動。北北十分驚喜，對於一切，她好像看得比平時更清晰。Eau de parfum，她最喜歡的淡香精，80％的酊劑，20％的香材。北北從層架上拿了一小瓶大馬士革玫瑰原精，騷感花香，是她的顯靈。她驚訝地上居然有一個有防風罩的電子秤，那曾經是她的夢幻購物清單，但遇到香鬼之後，她的很多渴望都變成蒐集各種獵奇香材。把燒杯放到防風罩裡，歸零，加入海藻酊劑，一克一克玫瑰加入混音。

一切不明自白。調香是她的液態幻想，比現實更原初，彼此豐富，相互成長。香水的意思是，把心靈裝瓶，活在身體裡。

不同香材在酊劑裡出現了顏色上的分層，玫瑰原精是棕色的沉在最底，康乃馨是藍綠色的與酊劑合而為一。北北過去不喜歡別人說她是巫，她現在明白了，她不喜歡別人說她是靠衝動、做決定全憑感覺的巫，那感覺很亂。她心中連結天地的巫，是在心智以上，某種接近抽象心靈的存有。巫並不是一個不思考的美麗藉口，真正的巫，得經過頭腦，在理智之上，進入某種抽象的思考。

她攪拌著香材，現在已經混合成某種帶著琥珀色的液體。她感覺很昇華，生命在這裡顯露，揭示自己的本質。

臭與香，黑與白，冷漠與愛，悲傷與狂喜，曾經以為的對立，如今也不過是錯覺。調香師的存在，便是為了轉化這些分野，化為獨一無二的野生感性。

曾經困擾她的假與真，也不那麼重要了，不過是一線之隔。香水界曾經有一派人鄙視真，覺得植物萃取出來的精油不是好東西。她過去搖著旗子喊，一噸玫瑰鮮花換取一公升的原精，玫瑰花香裡帶著動物騷氣，植物的身體裡也有動物，這樣的肉食玫瑰，怎能不令人著迷？

她喜歡真，也因此愛著香鬼的萃取手藝和他說真話的心靈。可是商業香水不是這樣運作的，真的代價是不穩定，天災人禍都會影響香氣，化學單體如果可以用單萜醇加上大馬士革酮，拼配出鼻子辨識的玫瑰氣息，穩定又便宜，何嘗不好？多少年來，許多人認知化學單體才是真正的香精，精油是跟按摩相關，像是體力勞動才能得到報酬的藍領階級。她曾經為此感到憤怒，覺得難道聞不出來嗎？大馬士革玫瑰精油裡的動物騷感，那是化學單體拼配不出來的靈氣。

她曾經捍衛真，直到發現是假，成就了真。假的東西讓真的東西更有力量，像是綠葉陪襯著花。毋需標榜天然，也毋需宣揚化學香精才是好東西。一切不過是比例，可以80%的天然香材加上20%化學單體。如此，香水才有可能散發皮革氣息，甚至糙米香氣，也許還因為用了化學單體，拯救了一片保育林。

過去她把自己磨成香料，撒在各式各樣的關係裡，網路幻境和肉身實景，心智一直綁架著她的心靈。現在她把自己的碎片收回，收斂凝聚，專注在心靈的三調變化。新的想法進來，覆蓋過舊的，隱隱透出古老的紋理。時間推移，她綻放出自己的香氣，哪怕逐漸衰老也保有孩子的天真童氣，像是岩玫瑰湯底加上黃葵子，燃燒火焰裡有溜滑梯後的笑臉盈盈，轉身才發現水道來自一座廟宇。

發現世界的同時，她也發現了自己，她喜歡蒐集經驗來充實自己，我在這裡，與世界有所聯繫。曾經一隻紅毛猩猩看到並且理解這樣的存在，見證了這樣的存在，如此，她的心靈才開始一點一滴萃取。那些無邊無際的感官經驗，倒入玻璃漏斗後，出現瓶器的身形，成為可以思考的液體。

北北把試香紙放入燒杯，看著已呈現樹皮色的液體爬入紙的毛孔，她在鼻孔前搧聞，玫瑰因為加了林投，整朵花亮起來。她也蠻驚喜蘭嶼路邊賣的珊瑚橘色林投果汁，蒸餾後的花朵居然有雪感涼意。又熱情又冷漠的氣質，好反差有趣。

她把試香紙遞給阿尼拔和尼媽，他們閉起眼睛，摟在一塊。北北想起自己的媽媽，媽媽穿香水總為了取悅別人，美豔是為了出門。媽媽總把最好的給別人。

現在看阿尼拔和尼媽因為氣味而相擁，北北覺得自己當調香師便是為了此時此刻的發生。

尼媽問：「等陳化好了，這瓶香水要叫什麼名字？」

北北想到永遠不會結束的夏日，那就叫「無盡夏日」好了。精確地來說，這瓶應該是三個夏日的總和，前調是安以為兒戲的泳池滅頂，中調是當安躍起，她不得不抽出靴子裡藏的瑞士刀，底調是現在。她用氣味回到過去，想想那時到底發生了什麼事，見刀的背後到底有多少比例的柔情？現在，她只是純粹地聞，沒有形狀，沒有名字。她在聞的路線裡行走，肉身留在原地，聞到天色轉黑。

身體身體，所有對感官有興趣的人都說要回到身體裡。每個人都說要放掉理智，頭腦是不好的東西，知識會阻礙意識的清晰。她一直覺得這樣不就是讓人類成為野獸嗎？活得像山裡的鹿、天上的鳥，快樂是快樂，卻也只停留在身體和情緒。順序應是這樣的。身體、情緒、心智、靈魂、奇點。真正的巫，是在心智以上，有靈魂的存在。如果法力高超，可以回到黑洞的中心，爆炸的中心，進入跨越的神祕點，時間好像是別的東西。

「無盡夏日」經過了開頭的林投花涼意，已經進入玫瑰和海藻的混音。時間改變著她聞到的東西，她開始認識，也開始忘記。調香師的技藝在於，釋放心靈，讓生命流動，回到出生之時，時間讓氣味散去，卻也讓一切重生。

不知過了多久，彩霞映照大海，阿尼拔載她回家，她一推開門，就走進那撲滿灰塵的儲藏室。木桌上散落著蒸餾儀器、大大小小的量杯、棕色罐子裡的各種香材、上面有著BEBE浮雕的香水瓶在等她，這張桌子一直在等她回來。

把灰塵撢落時，北北聽見了那聲Om，她一直在尋找的自己，躲在這無色無味的聲音背後。她擦拭燒杯，把屬於她的苔蘚酊劑倒進去。燒杯映照著她的臉，她想到了安，安要聞著苔蘚才能入眠。香水的水面下有一張紅毛猩猩的臉，越來越強烈，她感到親近，但幾秒鐘那形象又淡去，換成了安柏的臉。「藍汗」的香氣，野生動物園的金屬鹽。她現在想起，已經不那麼心動了，這味道在她的靈之下，她不再那麼輕易被掌控。水波搖晃，一切不斷在敞開。她看見香鬼，是他，讓她看見真相。她愛真實，卻也不執著於真，真真假假本身才是真實。

她的念頭，不是「無盡夏日」陳化後，會有多麼絕妙的香氣，也不是這瓶香水會給她帶來什麼樣的成就。她想的都是些過去的事情。她想起和巫巫一起上調香課的那段日子，後來在家門口巧遇，一起完成了墨水的湯底。她想起康老師，便想到了鹹甘的醬油，那是來自太陽的香氣。當她說，醬油對安來說，是家的氣味，也是在說，康老師給了她一個家。哪怕破損，帶著控制，不符期待，至少仍是個家。現在阿尼拔和尼媽，也給了她在蘭嶼，一個暫時的家。光是聞到芋頭的香氣，便覺得空氣裡充滿溫馨。

這一路上，相遇的臉一張張出現在燒杯裡。來了又去，去了又走，在水中不斷變化著。這些人與獸，都帶給了她對香水新的理解，讓她每再聞一次時，又有新的快樂。她不確定安是否也會這樣。理解香水本身的運行機制，並不會減少盲聞的本能快樂，反而帶著那種原始的感動，進入抽象思考裡。

她不再執著自己是巫還是調香師的問題。都是她，人與獸，內與外，真與假，女與男，東方與西方，都如她燒杯中的臭與香。

一切不過是比例。她單純地感受靈魂的震動。她所相信的，已與鼻腔前的世界合而為一。所有氣味正溫柔滑行，降落在燒杯裡。她的身體變得透明而清晰，載著天空的光影粼粼，海深處的微光隱隱，好像直到現在，她才終於學會用氣味連結天地，成為自己的廟宇。

——THE END——

後記

這本書寫到後記，即走到了尾聲，現在的我感覺有點不真實。

我走進了北北的世界，有很長一段時間，她是我，又有很長一段時間，她並不是我。當她反省自己時，我感受著她的憂傷，但我必須告訴自己，她不是我，她只是我的一部分。她的痛苦是真實的，不過，並不需要我也被捲進去一起潮解。否則太難受了，無法讓我走到現在這裡。

寫字的時候，我常常很忘我。忘記我跟這些角色是分開的。也會忘記編輯昀臻跟我是分開的。我常興沖沖地把七殘八破的初稿傳給她看。昀臻常常會問我：「你想說的意思是這個嗎？」

確認意思，讓我有一種被愛的感受。也更確認了文字背後的核心是想說什麼。我真心謝謝她這樣做，也十分感謝這本書遇到了好編輯，讓許多血肉模糊的素材找到了骨頭，站起來成了這本《香鬼》與讀者見面。

身為寫作者又是調香師，我的生活除了去旅行採集外，平時是十分單純而重複的。清晨寫作，午後調香、包貨、寄貨，傍晚時散步，散步完寫文案到社群，上架商品……，香與字在我身上共生。不過，如果要在我的生活裡畫事件表，除了旅行的記憶節點，我想不出來有什麼事情可以說。好在世界上有小說，讓我可以更誠實，更發揮想像力，想「事」來說。把我知道的調香技藝，對於香水的理解，埋縫在這書中的人物和故事中。

我也曾經是很飄的文青，喜歡看書、看電影、聽音樂，參加各種文藝活動，不過在成為職業調香師後，我開始知道飄完要紮紮實實落地，像是香水要加入苔蘚和檀香定香這樣。我想，文學也像是定香。文學是在細節中理出因果，創造意義，如此才讓人記得。

在寫《香鬼》的兩年中，我從一個因焦慮而外露的人，進入安靜的狀態。這是寫這本書帶給我的禮物。在反覆修改後，它已經變成比我更好的人，提醒我，要安靜，要謙虛，如此真實的自己才能以自發的狀態活下去。

在最後，特別謝謝我的先生，他永遠是我第一個讀者，在我忘我的時候，依舊知道有個人，永遠可以你是我我是你。

謝謝編輯昀臻和遠流出版公司的團隊，我常常覺得我像是第一個真菌孢子體落入腐土，接下來都依賴其他的菌絲體，相連成網，讓這本書以最好的樣貌與世人對話。

謝謝想像朋友寫作會，在我對寫作迷茫與焦慮時接住了我，讓我走到現在的安心。特別感謝左耀元、陳二源、李奕樵、蔡幸秀，給了這本書許多珍貴的意見。

謝謝《上下游副刊》的古碧玲總編輯，當我在《自由副刊》發表第一篇文章時，便與我連線，給我鼓勵，給了我許多的勇氣寫下去。

謝謝台大經濟系的林明仁教授，從我還是十八歲的小文青開始，十幾年來，一直當我的讀者，我總覺得有這麼聰明的讀者，那我怎能不努力寫呢？

謝謝小風、白樵，願意為本書作序。你們的注視，完整了這趟旅程。我真心地喜歡你們。

我也感謝我父母的生養之恩。爸爸常跟別人說，不要生小孩，花錢又不貼心，養狗比較有用。我想，或許我跟爸爸一樣是個嘴巴硬的人，不會撒嬌，但我的溫柔全放在文字裡了。我並不會後悔當爸爸媽媽的女兒。

這本書是我的女兒。我喜歡在這個時代書寫感官。因為過去火車取代了挑夫，現在ＡＩ取代了人腦。那人類還有什麼呢？我們還有身體，還懂得嗅吸，欣賞香水在時間裡的表情。

我想寫的是關於對活著的愛，對世界的愛。而我唯一的願望是，希望這本書能超越我之上，好好活下去。

二〇二四年四月二十一日　寫於台中

P.S. 附上寫這本書時，每一篇反覆聽的歌單，搭配服用，感受更佳。

植物野獸——Plantasia – Mort Garson

醬油狂奔——Between The Bars – Elliott Smith

末日花園——Night Vision – Mareux

龍　血——La Prima Vez –Traditional Sephardic, The New World Renaissance Band

鬼蘑菇——Die Geschichte Eines Unbekannten Schauspielers (The Story of the Unknown Actor) : Waltzer (Abschied)．Berlin Radio Symphony Orchestra

光　苔——La Campanella (Liszt) – Ruth Slenczynska

夜間大麻——13 Pieces for Piano, Op. 76 - II. Etude．(Sibelius) Jian Wang, Göran Söllscher

無盡夏日——Summertime Sadness – Lana Del Rey

YLM44
香　鬼　Phantasmic Perfume
作　者／古乃方 Nai-Fang Ku

主　　編／蔡昀臻
美術編輯／丘銳致
行銷企劃／沈嘉悅
封面設計／朱　疋
總 編 輯／黃靜宜

發 行 人／王榮文
出版發行／遠流出版事業股份有限公司
地址：104005 台北市中山北路一段11號13樓
電話：（02）2571-0297
傳真：（02）2571-0197
郵政劃撥：0189456-1
著作權顧問／蕭雄淋律師
輸出印刷／中原造像股份有限公司
2024年6月30日　初版一刷
定價380元

Printed in Taiwan
ISBN 978-626-361-718-6
遠流博識網 http://www.ylib.com E-mail: ylib@ylib.com

國家圖書館出版品預行編目(CIP)資料

香鬼/古乃方著. -- 初版. -- 臺北市：
遠流出版事業股份有限公司, 2024.06
面；　公分
ISBN 978-626-361-718-6(平裝)
863.57　　113006978

本作品獲財團法人
國家文化藝術基金會創作補助